L'INSURRECTION

DU CAP,

OU

LA PERFIDIE D'UN NOIR.

TOME SECOND.

L'INSURRECTION
DU CAP,

OU

PAR M. E. V. LAISNÉ DE TOURS,

AUTEUR DU MORALISTE PATERNEL,

Et de plusieurs autres ouvrages pour la Jeunesse.

TOME SECOND.

PARIS,
AURÉLIEN FLEURIAU, RUE TARANNE, N. 20.

1822.

43402

L'INSURRECTION
DU CAP,

ou

LA PERFIDIE D'UN NOIR.

———

Alfred, en attendant le retour d'Ambroise, continua son genre de vie accoutumé ; mais alors ses voyages chez madame Durand, étaient plus fréquens, soit afin de veiller à la sûreté de Moïa, soit afin de satisfaire son impatience pour le changement de demeure. Il en faisait tous les préparatifs avec une inexprimable ardeur. Au bout de huit jours Ambroise arriva, Alfred fut le premier qui le vit ; il vola à sa rencontre, et lui demanda s'il ap-

portait tout ce qu'il leur fallait. Am-
broise-lui répondit qu'il n'avait voulu
rien faire sans avoir reçu de nouveaux
ordres de son père, qu'il lui apportait
des nouvelles qui le surprendraient. Le
cœur d'Alfred se serra, il demeura stu-
péfait. Il suivit Ambroise sans proférer
une parole, et ils entrèrent ensemble
dans le cabinet de son père. M. de S.-
Marc se leva pour recevoir son ami, qui
lui répéta ce qu'il venait de dire à Alfred, et s'étant assis, il s'exprima de la
sorte : « A mon arrivée au Cap, je re-
» marquai une agitation qui me parut
» surprenante. L'esprit du peuple même
» effervescent. Sur les mâts des vais-
» seaux, ainsi que sur le faîte des édi-
» fices publics, étaient arborées des flam-
» mes aux couleurs rouges, blanches et
» bleues. Tous les habitans, sans dis-
» tinction d'espèce ni de condition,

» portaient à leur chapeau des cocar-
» des de même couleur. J'étais le seul
» qui n'en eut pas ; aussi l'on me consi-
» dérait avec étonnement. Je fus apos-
» trophé par des hommes qui me paru-
» rent furieux et prêts à me déchirer,
» quoique je ne leur eusse fait aucune
» offense. Ils m'injurièrent en des ter-
» mes que je n'avais jamais connu ni
» entendu prononcer, et dont je n'ai
» pu me rappeler. Je ne pouvais conce-
» voir quelle cause pouvait entraîner à
» de telles extrémités un peuple qu'au-
» paravant j'avais toujours trouvé doux
» et modéré. Je fus alors abordé par un
» homme qui avait des dehors plus cal-
» mes que la multitude. Il me demanda
» si j'étais Espagnol ou Anglais. Cette
» question me surprit ; je répondis que
» j'étais Français. Il me parut saisi d'é-
» tonnement de ce qu'étant Français, je

» ne portais pas de cocarde ; il me dit
» que c'était la cause des insultes que
» je venais de recevoir. J'achetai aussi-
» tôt une cocarde et lui demandai si la
» colonie avait été cédée à quelque puis-
» sance étrangère. Mon ignorance pa-
» rut beaucoup le surprendre. Il entra
» ensuite dans une foule de détails. Voici
» ce que j'en ai recueilli, ainsi que de
» plusieurs autres que j'ai interrogés à
» ce sujet.

» Il vient de s'opérer une révolution
» extraordinaire en France. Il existe à
» peine quelques traces de la monar-
» chie ; une insurrection terrible et uni-
» verselle, adroitement préparée, a été
» le prélude de ces changemens. L'au-
» torité de la Cour n'a pu la réprimer.
» La bastille a été prise et démolie par
» le peuple. Il a massacré le gouverneur
» qui la commandait pour le roi. Plu-

» sieurs des principaux membres des
» autorités civiles et militaires ont péri
» victimes de sa fureur, soit à Paris,
» soit dans les provinces. Un parti for-
» midable s'est élevé contre le Monarque,
» et contre son autorité. Les trois an-
» ciens pouvoirs sont réunis aujourd'hui
» en une seule assemblée qui s'est cons-
» tituée et nommée *nationale*. On dit
» qu'elle fait de nouvelles lois et une
» constitution pour la France. Des li-
» belles virulens ont été répandus contre
» les princes du sang et les principaux
» personnages de la Cour. Ils sont passés
» en pays étranger pour se soustraire
» à la fureur du peuple. Celui de Paris
» est allé à Versailles chercher le roi et la
» reine, et les a conduits dans la capi-
» tale. Le jeune marquis de la Fayette
» qui a acquis de la célébrité dans la
» dernière guerre d'Amérique, était à la

» tête des Parisiens dont il était l'idole.
» Des gardes du corps ont été dispersés
» dans cette insurrection. Plusieurs ont
» été victimes de sa violence. Mainte-
» nant le roi est à Paris avec la reine
» et leurs enfans. Il y est gardé sévère-
» ment et sans la moindre autorité ; elle
» est toute entière entre les mains de
» l'*Assemblée nationale*. On ne parle
» d'autre chose que de la liberté et de
» l'égalité. On a alarmé le peuple par
» un danger imminent. Il y a plusieurs
» partis ; une effervescence terrible égare
» tous les esprits ; on se menace, on
» s'accuse. L'agitation et le désordre sont
» à leur comble. J'ai été effrayé de la
» fureur que j'ai vu empreinte sur beau-
» coup de figures, et je ne puis imagi-
» ner quelle cause est capable de pro-
» duire d'aussi surprenans effets. J'ai vu
» au Cap une quantité considérable

» d'habitans vêtus du nouvel uniforme
» qui a été adopté ; les hommes de cou-
» leur, et les noirs libres, le portent
» aussi avec un vif empressement. On
» dit que cette révolution est toute en-
» tière en leur faveur, dans les colonies ;
» qu'elle va remettre dans le même rang
» tous les hommes, sans distinction
» d'espèce ni de sang ; on va même jus-
» qu'à annoncer la suppression de l'es-
» clavage. Une foule d'habitans sont
» déjà épouvantés et se disposent à quit-
» ter la colonie, si ce décret est rendu.
» J'ai pensé que de tels événemens
» pourraient vous faire concevoir de
» nouveaux projets ; j'ai voulu vous en
» donner la connaissance avant que
» d'exécuter les ordres que vous m'avez
» donnés. Voilà divers écrits venus de
» France que je me suis procurés. Ils
» vous instruiront mieux que tout ce

» que je pourrais vous dire. » Et il remit
à M. de S.-Marc une foule de papiers
publics. »

Ambroise reçut de la part de son ami
des éloges sur la prudence qui l'avait
guidé dans cette occasion. Il lui dit qu'il
était résolu de suspendre l'exécution de
toute entreprise jusqu'à ce que les événemens qu'il venait d'apprendre se fussent débrouillés à ses yeux. Il cacha l'impression que cet étonnant récit avait
produit sur son âme. Bientôt il fut instruit des troubles qui étaient éclatés en
France, dès 1789, de leurs caractères et
de leurs effets. Il jugea que la crise serait longue et meurtrière, et ces consi-
dérations augmentèrent et entretinrent
dans son esprit les idées les plus tristes
et les plus noirs pressentimens. Il lui
importait dans une circonstance aussi dé-
licate de s'emparer de l'esprit de son fils

afin de le mettre à l'abri des égaremens
où pouvait l'engager la magie des mots
et des principes. L'ignorance est un dangereux remède, il ne voulut pas l'employer. Alfred avait paru très-préoccupé
de tout ce qu'Ambroise avait rapporté.
Dès que celui-ci eut fini son récit, il
l'avait accablé de questions sur les événemens dont il avait apporté la nouvelle.
Tout ce qu'il apprenait redoublait sa
curiosité, il désirait toujours en apprendre davantage. L'incertitude était un supplice pour lui. Enfin, il demanda à son
père ce qu'il pensait de la nouvelle face
que sa patrie venait de prendre. Celui-ci
lui répondit qu'il suspendait son opinion ;
que l'issue d'une telle révolution était
hors des combinaisons de l'homme, qu'il
fallait attendre pour juger.

Le bon Alfred ne savait pas dissimuler.
Il avait dans son père une confiance sans

bornes, il ne put déguiser ses sentimens
qu'il expliqua à M. de S.-Marc. Celui-ci
l'écoutait dans un profond silence. Il lui
répondit ce peu de mots : « Le temps
» nous apprendra, mon cher fils, ce que
» nous devons penser ». Il suspendit
l'exécution du projet qu'il avait arrêté
avec madame Durand, pour son changement de demeure. Il en fit part à Alfred
qui en fut contristé ; mais il ne put
qu'applaudir à la prudence de son père.
Pour se consoler de cette disgrâce, il alla
voir sa chère Moïa. Il partit triste et rêveur, il fut absorbé par ses réflexions
tout le long du chemin. Il rencontra
Moïa avant d'arriver chez sa mère. Elle
était venue à sa rencontre. A l'air sérieux
et préoccupé d'Alfred, elle pensa qu'il
n'avait pas de bonnes nouvelles à lui apprendre. « Allons nous asseoir à l'om-
» bre, Moïa, lui dit-il, j'ai bien des

choses à vous dire ». Elle le suivit saisie
de crainte, n'imaginant pas ce qui pouvait causer sa tristesse. Dès qu'ils furent
assis, il lui raconta tout ce qu'il savait
au sujet de la révolution. Il lui annonça
que son père avait suspendu la formation
de son nouvel établissement, qu'il paraissait aussi affligé que s'il avait appris
de mauvaises nouvelles.

Moïa était émue et affligée. Ses yeux
brillans de tous les feux qu'allument l'a-
mour et l'amitié, recherchaient dans
ceux d'Alfred quelle impression elle faisait sur lui. Alfred lui protesta, en la
serrant dans ses bras, de ne se conduire
que par la volonté de son père, et les
conseils qu'elle lui donnerait. Ils convinrent d'attendre que M. de S -Marc se
fût expliqué, et ils allèrent rejoindre madame Durand.

Leur émotion mutuelle était peinte

sur leurs figures lorsqu'ils entrèrent. Madame Durand leur demanda ce qui leur était arrivé. Alfred lui en fit un récit exact, et le fit précéder de tous les détails qu'il avait recueillis de la conversation d'Ambroise et de ses lectures. Il la plongea dans un profond étonnement en lui apprenant toutes ces nouvelles inattendues. Cette matière fut le sujet de leur entretien durant toute la journée. Alfred partit le soir. Moïa lui recommanda, en le reconduisant, de ne pas se laisser éblouir par de trompeuses idées de bonheur. Elle lui protesta de nouveau, et dans les termes les plus affectueux, que par tout où elle serait avec lui, elle y serait contente, et lui renouvela ses tendres recommandations de ne pas rester long-temps éloigné d'elle. Si elle avait eu à se plaindre du jugement d'Alfred, elle n'eut pas à se plaindre de son cœur.

L'éloignement où M. de S.-Marc était
du Cap, et la difficulté des relations,
l'empêchaient d'être instruit sur les progrès de la révolution de France. Trois mois
se passèrent sans qu'il en reçut de nouvelles. Au bout de ce terme, il engagea
Ambroise et Alfred d'aller au Cap ensemble, de lui rapporter tous les écrits qui
pourraient lui procurer des lumières,
d'observer la situation de l'esprit public,
afin de lui en rendre un compte exact.
Alfred fut enchanté de cette commission.
C'était la première fois qu'il allait au
Cap, depuis qu'il l'avait quitté après son
arrivée dans la colonie. Ce voyage faisait
époque dans sa vie. Il était dans sa ving-
tième année et était en état de tout observer et de tout juger. Il fut avant son
départ, prendre congé de sa chère Moïa.
Il voulait la prévenir de son voyage qui
devait durer plusieurs jours. Elle lui re-

commanda d'être prudent, et de croire
que nulle puissance humaine ne pourrait
l'empêcher de partager son sort. Elle tira
de son doigt une bague qu'elle avait elle-
même faite avec ses cheveux, elle la
passa au doigt d'Alfred et l'embrassa.

Il partit avec Ambroise. C'était au
commencement de 1791. Rien de plus
simple que son équipage. Il n'avait pas
de noirs à sa suite. Il était vêtu comme
à son ordinaire, et paraissait exempt de
pauvreté et de richesses. Son armure con-
sistait dans un bâton noueux, il était
redoutable dans sa main. Il s'en servait
avec autant d'adresse que de force. En
arrivant au Cap, il aperçut dans la
ville une grande rumeur. Il fut étourdi
en y entrant, par un bruit de tambours
qui offrait les apparences d'un état de
guerre. Il entendait chanter, ou plutôt
hurler, dans tous les quartiers de la ville,

des hymnes dont il ne pouvait comprendre le sens; seulement il jugeait, à l'accent furieux avec lequel elles résonnaient dans les airs, qu'elles se rapportaient aux événemens du jour. Toutes les tavernes et les cafés étaient remplis de noirs et de gens de couleur dans un état complet d'yvresse. Un petit nombre de blancs étaient semés parmi eux, et par leurs exemples pernicieux, autant que par leurs conseils, ils les animaient au désordre et à la dissolution. Alfred ne voyait qu'hommes, n'entendait que bruit de tambours et d'instrumens qui étaient dans une discordance horrible. L'hôtel où il s'arrêta, était comme tous les autres rempli de noirs qui avaient passé le jour à s'ennivrer. Il demanda une chambre où il put être tranquille. On lui répondit qu'à moins de quitter la ville, il entendrait partout un grand tumulte. Il fut obligé de prendre son parti. Quand il entra dans la maison où il devait loger, il, fut considéré avec attention par cette foule d'hommes échauffés par la boisson et enhardis par une licence sans frein. A la simplicité de ses vêtemens, ils le prirent pour un blanc fortuné, qui quittait une habitation pour venir au Cap tirer avantage des circonstances de la révolution. Un homme de couleur lui présenta un gobelet rempli d'eau-de-vie, en lui disant : « Tu as l'air d'un bon pa- » triote, tiens ; bois à la nation et à la » liberté ». Alfred, outré de tant d'in- solence, lui répondit avec la plus grande fierté : « Jamais être de ton espèce ne » m'a tutoyé, c'est aujourd'hui la pre- » mière fois, estime-toi heureux de pou- » voir le faire impunément ». Alors tous les noirs poussèrent des vociférations ter- ribles et parurent prêts à s'élancer sur lui. Les uns étaient armés de couteaux, d'autres faisaient briller des sabres ou des bayonnettes. Ambroise était glacé de terreur, et Alfred, sans se déconcerter, se mit en défense et fit jouer son terrible bâton. Aucun de ses ennemis n'osa s'exposer à ses coups, il les tint éloignés de lui et se retira dans sa chambre.

Dès qu'il y fut entré, Ambroise, encore hors de lui-même, l'engagea beaucoup à se modérer et à ne pas se rendre victime de sa témérité. Alfred le lui promit et tint parole.

Ils employèrent le temps qu'ils restèrent au Cap, à parcourir la ville et à en examiner l'esprit. Toutes les personnes riches étaient consternées. Elles ne pouvaient s'empêcher d'entrevoir le plus triste avenir. La classe moyenne, composée en partie d'hommes de couleur, était

dans la joie, sans parler de cette prodigieuse quantité de noirs qui, depuis les
troubles s'étaient échappés des habitations
et s'étaient enrôlés, dans ce qu'on appelait la garde nationale. Vivre dans l'oisi-
veté était l'objet le plus cher de leurs
désirs, et ils pouvaient le satisfaire sans
aucun obstacle. Ils faisaient le service de
la place, conjointement avec les troupes
européennes. Plusieurs d'entr'eux étaient
revêtus de grades. Alfred ne put voir sans
indignation un noir porter des épaulettes.
Il avait toujours eu la plus grande considération pour cette décoration militaire,
et il la trouvait absolument avilie, depuis
que des hommes, ignorant également les
lois de la civilisation et celles de l'honneur, en étaient revêtus. Il n'était pas
difficile, en voyant les désordres aux-
quels ils se livraient déjà, jusqu'où ils
étaient capables de porter un jour tous

leurs attentats. Toutes les rues de la ville
en étaient obstruées. Les uns étaient étendus sur la terre morts ivres, d'autres
rassemblés dans les places publiques, y
dansaient au son de quelques instrumens;
un grand nombre couraient les rues de
la ville, ayant un tambour à leur tête, et
vociférant quelques chansons.

Les désordres qu'Alfred remarquait de
la part des noirs, ne le surprenaient pas;
mais ce qui l'affligeait le plus, fut de voir
une violation complette de la discipline
militaire parmi les troupes européennes
de la garnison : l'autorité des officiers
était entièrement méconnue. Le soldat
était encouragé dans son insubordination
par les menées criminelles de quelques
agens venus de la France, qui semaient
l'argent et attisaient le feu de l'insurrection. Quelle différence pour Alfred de
ce qu'il voyait et de ce qu'il avait vu !

Quelle étrange application des principes
dont la pureté l'avait séduit ! Il se rendit
sur le port, il y aperçut le même spectacle qui l'avait frappé dans la ville ; partout régnait le désordre, partout l'homme
était livré à tous les déréglemens de ses
caprices. Le commerce se ressentait d'un
état aussi funeste. En passant devant un
grand bâtiment qui ressemblait à une
église, Alfred vit une multitude considérable qui se précipitait pour y entrer.
Il y pénétra comme les autres. Il entendit un grand nombre de personnes parler
dans le tumulte et avec beaucoup de chaleur. Il comprit, après avoir attentivement
écouté, qu'il était question des droits du
peuple, des principes de la liberté, de
l'abolition de l'esclavage. Il demanda si
c'était une assemblée coloniale et si quelque grand danger l'avait fait convoquer.
On lui répondit que ce qu'il voyait était

un club qui était établi pour animer l'esprit du peuple, que l'on ne craignait aucun danger, que la véhémence qui l'étonnait dans les orateurs, n'avait d'autre objet que de redoubler l'énergie des patriotes. Fidèle au système qu'il s'était tracé de la plus grande circonspection, il ne répond rien et se retire péniblement affecté de n'entendre que des personnages furieux, ayant sans cesse la menace et l'imprécation à la bouche, lui qui n'était accoutumé qu'à des paroles douces, sages et tendres. Il acheta tous les écrits qui pouvaient lui fournir quelques lumières sur ce sujet, et reprit avec Ambroise le chemin de la case.

Elle ne lui avait jamais paru aussi agréable. Le premier pas qu'il venait de faire sur le théâtre du grand monde ne lui inspirait pas le désir de s'y avancer davantage. Il rendit compte à son père

de ses remarques , et lui fit éprouver la
douleur qu'il éprouvait lui-même. Il lui
remit tous les écrits qu'il s'était procurés
pour s'instruire de la situation de la
France. M. de S. - Marc les parcourut
avec le plus grand empressement. Sa
mélancolie en augmenta d'une manière
sensible , quand il en eut pris lecture. Il
était rêveur , inquiet , quelquefois trou-
blé ; il paraissait agité par des idées
cruelles. Son caractère parut s'en ressentir pendant quelque temps. Il témoi-
gnait toujours à Alfred cette douceur qui
ne l'avait encore jamais abandonné ; mais
il était d'une réserve dont il n'avait jamais usé jusqu'alors avec personne. Il
craignait de laisser entrevoir ses sentimens. Alfred s'en aperçut et il en fut
pénétré de douleur. M. de S.-Marc n'é-
tait point insensible aux tendres soins
de son fils ; quelquefois, en le regardant,

il laissait échapper une larme, d'autres
fois il lui prenait les mains avec transport, les pressait dans les siennes, et
l'accablait de caresses, mais il se bornait
à des signes. Il lui arriva cependant une
fois de dire. « Ah ! mon fils, dans quel
» siècle avez-vous eu le malheur de naî-
» tre ». A de tels signes et à de telles
paroles, Alfred ne pouvait se défendre
d'une terreur secrette. Pour se dissiper,
il alla voir Moïa. Cette fille aimable et
sensible cherchait, en partageant ses
chagrins, à en alléger le poids. Ses douces
paroles étaient un baume pour son âme.
Quand il les avait entendues, quand il
avait reçu les tendres caresses dont elles
étaient accompagnées, il retournait vers
son habitation, bien soulagé, car le fardeau de la douleur est un poids qui
accable. Il était payé de sa piété filiale,
par les témoignages les plus touchans de

la tendresse paternelle ; mais c'est tout
ce qu'il pouvait obtenir. Il était privé
des épanchemens de l'amitié. Il semblait
que son père n'eut pas la force de soulever
le poids qui opprimait son cœur.

Ainsi se passèrent plusieurs mois. Le
temps s'écoulait avec rapidité. L'habitation se ressentait de l'état de M. de S.-
Marc, tout y languissait. Les esclaves
qui prévoyaient un changement dans
leur condition, s'étaient relâchés, Alfred, lui-même semblait moins labo-
rieux. Il devait sous peu retourner au
Cap avec Ambroise. Il se préparait à
faire ce second voyage, prévoyant avec
douleur que son issue ne contribuerait
pas à dissiper l'humeur sombre de son
père. Il la nourrissait pas des promena-
des solitaires qu'il faisait régulièrement
tous les jours. Alfred ne le troublait
point, il eût craint d'être importun. Un

soir cependant , concevant des inquiétu-
des de ce qu'il tardait à rentrer , il sortit pour aller le chercher. Il le trouva
assis sur le gazon dans l'état d'un homme
fortement préocupé. « Je suis bien aise
» de te voir, mon cher fils, j'ai à te
» parler. Je m'attends , mon ami , que
» ma vie sera menacée par les événe-
« mens désastreux dont l'instant paraît
» approcher, la tienne ne sera pas non
» plus respectée. Si tu me survis, Alfred,
» soit que je termine ma carrière en paix,
« soit que je meure en soldat , souviens-
» toi qu'après moi il te restera des
» devoirs à remplir. Le soin de ton
» honneur doit être le principe de tes
» liaisons avec Moïa. Tu ne manqueras
» pas, je l'espère , à ce que tu dois à
» cette intéressante fille. Je désire vivre
» assez long-temps pour pouvoir vous
» unir, mais si je n'ai pas ce bonheur;

Tome II. 3

» souviens-toi que tu accomplira le plus
» cher de mes désirs, le jour ou tu la
» reconnaîtras pour ta femme. Tu aura
» besoin, mon cher Alfred, de quel-
» qu'un dont l'amitié tienne dans ton
» cœur la place de la mienne. Ne dif-
» fères pas alors, je t'en conjure, à
» former des nœuds indissolubles, ils
» pourront servir, si non à te faire ou-
» blier ma perte, du moins à en adoucir
» le pénible sentiment. Aies pour ma-
» dame Durand tout le respect que tu
» aurais eu pour ta digne mère, si elle
» avait vécu ».

Pendant ce discours, Alfred avait
tenu une main de son père dans les siennes. Ses dernières paroles lui arrachèrent
des larmes; il se jetta dans ses bras, et
lui jura, au nom du ciel, de se confor-
mer à toutes ses volontés, de n'écouter
que ses avis et ses conseils, et de ne se

conduire que par ses ordres, tant qu'il
aurait le bonheur de vivre avec lui. Ils
rentrèrent alors, après une petite pro-
menade.

Le lendemain était fixé pour le voyage
au Cap, Alfred demanda et obtint qu'il
fût différé d'un jour. Il n'aurait pas été
tranquille s'il se fût éloigné sans faire
part à Moïa de l'explication qu'il venait
d'avoir avec son père. Il dormit peu et
partit de grand matin pour se rendre
auprès d'elle. Elle ne l'attendait pas,
croyant ne le revoir qu'après son retour
du Cap. Elle jouit d'une agréable surprise en le voyant. A son air préoccupé,
elle jugea qu'il avait quelque nouvelle à
lui apprendre. Il lui fit, en présence de
sa mère, le récit de ce que son père lui
avait dit la veille. Madame Durand et sa
fille partagèrent tous les sentimens d'Alfred, elles ne purent retenir leurs lar-

mes, Alfred lui-même était dans un transport de sensibilité dont il ne cherchait
point à réprimer les mouvemens. « Mon
» père, votre mère, vous et moi, ma
» chère Moïa, lui dit-il, en lui prenant
» les mains, sommes unis de volonté
» dans le désir de nous voir à jamais
» l'un à l'autre. Le ciel ne s'y opposera
» pas sans doute. L'union de nos cœurs
» sera un des triomphes de sa justice. Si
» cependant votre fidélité pour moi de-
» vait vous perdre, restez plutôt auprès
» de votre mère, pour consoler ses vieux
» jours ». Moïa lui renouvella devant sa
mère les protestations d'amour les plus
ardentes, que rien n'était capable d'altérer, et d'un aveugle empressement à partager tous ses périls, s'il était assez malheureux pour en éprouver de quelque
genre que ce fût. Alfred s'éloigna très-
satisfait d'avoir ouvert son cœur à sa

chère Moïa, et avoir recueilli de nouvelles assurances d'un attachement qui le
comblait de félicité.

Le lendemain il partit avec Ambroise.
Il remarqua, en traversant la plaine, que
les travaux de la culture étaient encore
plus ralentis que dans son premier voyage.
Ambroise lui dit que jamais ils n'avaient
été aussi languissans. Lorsqu'ils arrivèrent au Cap, ils trouvèrent cette ville plus
agitée que jamais, elle était dans l'anar-
chie la plus déplorable; l'affluence des
noirs y était prodigieuse. Il en arri-
vait chaque jour de nouvelles hordes;
ils conservaient au premier moment une
timidité stupide, mais bientôt, enhardis
par ceux qui les avaient précédés dans la
carrière tumultueuse du désordre, ils s'y
abandonnaient sans retenue. Ils ne se
cachaient pas de la soif qu'ils avaient du
sang des blancs; ils dirigeaient surtout

leur animosité contre les propriétaires et
les commerçans : ils étaient moins achar-
nés contre les Européens sans fortune et
sans condition qui n'étaient pas établis
dans l'île. Un grand nombre des derniers
les secondaient avec ardeur ; des indivi-
dus sans aveu, arrivés de France, avaient
réussi à force d'argent et de séductions,
à soulever un régiment qui était en garnison. L'insubordination avait fait des
ravages effrayans depuis le premier voyage d'Alfred.

Outré des attentats sans nombre qu'il
voyait commettre tous les jours au sein
de l'impunité, il trouvait à chaque pas
des rassemblemens tumultueux, et il y
était tellement accoutumé qu'il ne s'y arrêtait plus. Il en aperçut un cependant,
qui lui sembla porter un caractère plus
menaçant. Une foule considérable se précipitait avec violence vers l'une des places

de la ville , la curiosité l'entraîna et il
se dirigea vers le théâtre de cette scène.
Il entendit en s'approchant ces cris répé-
tés avec la plus grande fureur : *Tuez-le,
tuez-le!* il fut saisi d'horreur. Un sentiment de pitié et de commisération
qu'il ne put réprimer l'emporta vers la
victime. Quelle fut sa douleur , en
voyant un vieil officier, traîné par ses
cheveux blancs, couvert de sang et de
boue , poussant des cris plaintif sous les
coups dont ses meurtriers l'accablaient.
Sa figure était vénérable ; il portait la
croix de Saint-Louis. Il avait quelque
chose de l'air de M. de S.-Marc. A cette
vue le bon Alfred se livre à tout l'intérêt
que lui inspire cet infortuné, il se précipite vers lui et veut forcer ses bourreaux
à l'abandonner ; pendant qu'il fait tous
ses efforts pour y réussir, employant

prières et menaces, il reçoit sur la tête
un coup de crosse de fusil, qui heureusement est absorbé par son chapeau ; il
n'est plus maître alors de commander à
sa fureur. Il se retourne et porte à son
agresseur un coup de son terrible bâton,
qui l'atteint au milieu de la figure ; le
sang coule aussitôt. La fureur de la multitude se dirige alors vers lui seul ; on
abandonne l'officier, mille bras levés
sur Alfred, menacent sa tête. Il allait
infailliblement périr ; il était déjà
blessé et meurtri ; mais quelques soldats européens, qui fendent la foule
en cet instant, le mettent au milieu
d'eux et éloignent la mort qu'il allait
sans doute recevoir. « En prison ,
» s'écrient-ils, en prison, à la mort ! à
» la mort » ! est l'unique réponse d'une
foule innombrable de noirs et d'hommes

de couleur. Ils voudraient, mais ils n'o-
sent écarter les soldats qui entourent Alfred. Ne pouvant l'approcher, ils lui jet-
tent des pierres, lui lancent de la boue,
cherchent à l'atteindre avec la pointe
de leurs baïonnettes. Alfred, la figure
et les habits couverts de sang, racontait
aux soldats qui lui servaient de rempart,
ce qu'il avait fait... « Il fallait le laisser
» périr. Nous allons te faire entrer en
» prison, mais nous ne répondons pas
» de ce qui pourra t'arriver ». Ils réus-
sirent à le faire entrer en prison, malgré
les violens efforts de ceux qui en voulaient à sa vie.

Lorsque le tumulte fut appaisé, Alfred, ne doutant pas qu'il ne dût bientôt recouvrer sa liberté, attendit avec
tranquillité qu'il lui fût permis de sortir. Bientôt les portes de sa prison s'ouvrirent; il vit entrer un homme de couleur

et un noir ; le premier était ceint d'une
écharpe , et le second vêtu d'un uniforme bleu , portait des épaulettes en or.
Ils le regardèrent l'un et l'autre avec des
yeux pleins de fureur ; pour lui , il les
considérait avec surprise. Comment t'ap-
pelles-tu , lui demanda celui qui avait
l'air d'un commissaire? Alfred lui demande fièrement qui il était pour oser
l'interpeller de la sorte ? Le noir lui apprit alors dans un langage barbare ;
qu'il avait tué un homme et en avait
blessé quatre , et qu'il ne tarderait pas
à subir la peine de son crime. L'un et
l'autre s'éloignèrent à l'instant après avoir
parlé secrètement au geôlier. Alfred resta
confondu , en entendant les dernières paroles du noir , lui qui n'avait agi que
pour sauver la vie à son semblable et la
sienne , et était coupable d'un crime.
On le menaçait d'une peine , et quelle

autre pouvait-il recevoir que la mort ?
Ainsi, il allait périr ! quelle horrible
révolution cette idée affreuse vint causer
dans son âme ! Il était abîmé dans les
plus cruelles réflexions, quand il vit entrer dix hommes armés qui se placèrent
autour de lui. Le geôlier alors fut prendre un trousseau de clefs, et d'une voix
terrible il lui ordonna de le suivre ;
il fallut céder, toute résistance était
inutile ; d'ailleurs, en entrant dans la
prison, on lui avait ôté son bâton. Il
traversa, ainsi escorté, trois cours
étroites ; il vit refermer sur lui plusieurs portes garnies d'énormes verroux. Au fond de la troisième cour, on
le fit descendre par un petit escalier, au
pied duquel était une porte, n'ayant
que la largeur indispensable pour l'entrée d'un homme. Le geolier l'ouvrit et
le précéda dans un cachot obscur, hu-

mide et infect. Dès qu'il y fut entré , il ordonna à Alfred de s'asseoir , et saisissant les fers qui étaient posés à terre , il les lui mit aux pieds. A cette vue, des larmes mouillèrent les yeux d'Alfred ; mais bientôt se rappelant ce qu'il se devait à lui-même, il fit un effort pour les retenir. Dès que le geôlier eut rempli son horrible ministère, il sortit avec son escorte et laissa Alfred déchiré par toutes les angoises du désespoir.

Ambroise avait été témoin de la générosité d'Alfred et de sa déplorable issue. Il fit de vains efforts pour pénétrer jusqu'à lui, il aurait voulu partager son malheur, mais les flots agités de la multitude, opposaient entre Alfred et lui, une barrière qu'il lui fut impossible de franchir. Dès qu'Alfred fut entré en prison, le bruit courut dans la ville qu'il allait périr. Ambroise était désespéré, sa douleur menaçait sa raison. Il en conserva assez cependant pour chercher les moyens d'être utile à son meilleur ami. Il se transporta chez divers membres des autorités. Les uns en admirant le courage d'Alfred, se contentaient de le plaindre, ils alléguaient leur impuissance ; les autres redoublaient sa douleur et son effroi ; mais tous s'accordèrent à lui dire que le procès d'Alfred allait être instruit, et qu'il ne pouvait pas échapper à la mort. Il eut l'assurance positive que l'issue du procès irait à plus de huit jours. Dès lors il ne vit plus d'autre moyen de secours pour Alfred que d'instruire son père de son fatal accident.

Il partit le lendemain, fit la plus grande diligence et arriva promptement. M. de S.-Marc fut étrangement surpris de voir Ambroise arriver seul, et sans son fils ; il lui en demanda des nouvelles

avec la plus vive inquiétude. Les larmes
d'Ambroise ainsi que son silence, lui en
dirent plus qu'il ne voulait en apprendre ;
il s'écria avec l'accent de la douleur la
plus vive : « Ils ont assassiné mon fils !
» les montres ! — Votre fils n'est point
» mort, reprit Ambroise, mais sa vie
» est menacée. » Il lui fit alors le détail
de tout ce qui était arrivé ; il n'oublia aucune circonstance de ce funeste événement, afin que ces derniers caractères
pussent guider M. de S.-Marc dans les
moyens qu'il croirait convenables pour
en prévenir les conséquences. Jamais un
trait plus vif de douleur n'avait traversé
le cœur de ce malheureux père. « Con-
» seillez-moi, mon cher Ambroise, con-
» seillez-moi, je ne me connais plus ;
» je n'ai pas la force de soutenir un coup
» aussi terrible ». La douleur troublait
ses sens et sa raison ; il était dans un état

inexprimable d'agitation et de souffrance. Ce père infortuné, qui jouissait d'une
considération générale, acquise par sa
sagesse, ressemblait à un insensé.

Antonio était arrivé à l'habitation le
même jour qu'Ambroise; il était venu
remplir une commission dont madame
Durand l'avait chargé. Ambroise lui remit pour elle un billet conçu en ces termes. « Le plus grand des malheurs,
» madame, vient de nous arriver. Le
» pauvre M. Alfred a été arrêté et mis
» en prison au Cap., où il a tué un
» homme en voulant en sauver un autre.
» On va lui faire son procès, et tout le
» monde assure qu'il va périr, qu'il est
» même impossible de le sauver. Son
» respectable père, en apprenant cette
» nouvelle, est tombé malade d'une
» fièvre qui lui donne le délire. Je ne
» sais que faire dans cette circonstance.

» Daignez , je vous en supplie, Madame ,
» honorer de vos conseils le malheureux
» Ambroise. »

Antonio partit avec cette lettre, et il
la remit à madame Durand. Elle la lut
tacitement, en présence de Moïa , bien
impatiente d'en connaître le contenu ;
elle pâlit elle-même en voyant pâlir sa
mère. « Ah ! ma fille , lui dit celle-ci ,
» ne cherchez pas à connaître ce que le
» repos de votre cœur vous ordonne d'i-
» gnorer. » Moïa, inquiète et tremblante,
prit avec précipitation le billet des mains
de sa mère qui le laissa aller. A peine
l'eut elle parcouru , qu'elle tomba en
faiblesse ; les secours de sa mère l'eurent
bientôt rendue au sentiment de la douleur. Moïa assura qu'elle allait au Cap ,
qu'elle se devait à Alfred malheureux.
Elle ordonna en même temps à Antonio de se tenir prêt à l'accompagner à

l'habitation de M. de S.-Marc, fit quelques légers préparatifs, fut se précipiter
dans les bras de sa mère qui la mouilla
de ses larmes et partit.

Elle marcha sans s'arrêter pendant
toute la chaleur du jour qui était exces-
sive. Un simple chapeau de paille dé-
fendait sa tête contre les brûlantes ar-
deurs du soleil; sur le soir, ses jambes
se refusèrent à supporter le poids de son
corps; ses pieds étaient écorchés, elle
arriva en cet état à l'habitation de M. de
S.-Marc. Tout le monde fut étrangement surpris de la voir ainsi que le bon
Ambroise. Il lui sembla trouver un ange
consolateur; il lui prit les mains avec
transport, et les serra dans les siennes;
il ne pouvait parler, tant il était ému.
Moïa l'était autant que lui. Il la conduisit en l'aidant à se soutenir, jusqu'au
lit de M. de S.-Marc. Celui-ci l'eut bien-

tôt reconnu ; son délire fut calmé , mais il était dans un affaissement qui approchait de la mort. Moïa s'assit près de lui , et le sujet d'une douleur commune , lui devenant plus sensible , elle répandit beaucoup de larmes. M. de S.-Marc lui tendit la main , en lui disant d'une voix presqu'éteinte : « Moïa , venez-vous remplacer ce fils que j'ai perdu »? Elle ne put lui répondre ; ses sanglots l'étouffaient, elle colla ses lèvres sur la main qu'elle tenait dans les siennes. Lorsqu'elle put se faire entendre , elle annonça la résolution où elle était d'aller au Cap , pour essayer d'y être utile à Alfred. Alors ce malheureux père laissa tomber quelques larmes, et lui dit avec attendrissement : « J'accepte de tout mon » cœur votre proposition, ma chère » fille, je n'ai plus d'espoir qu'en vous » et dans l'attachement que vous avez

» pour mon fils. Il s'agit de mes plus
» chers intérêts dans lesquels sont aussi
» les vôtres, vous le savez; je crois que
» je ne puis les mettre en meilleures
» mains que les vôtres. Je vous les con-
» fie avec l'espoir que le ciel bénira votre
» innocence et couronnera vos soins ».

Ambroise recommanda M. de S.-Marc
aux soins de Julienne. Il partit pour le
Cap avec Moïa. Il n'était question dans
cette ville, parmi la classe des personnes
honnêtes que de l'audace héroïque d'Alfred; elles lui payaient un juste tribut
d'éloges, elles déploraient son sort, mais
malheureusement elles formaient le très-
petit nombre. La partie effervescente du
peuple, attendait avec impatience le
jour où il devait expirer sur l'échafaud,
elle réclamait sa mort à grands cris.
Moïa était saisie de terreur, en obser-
vant ses funestes symptômes. Elle se trans-

porta chez l'officier auquel Alfred avait
sauvé la vie. Dès qu'il eut appris le motif qui la conduisait au Cap, il lui donna les témoignages du plus vif intérêt
pour elle, et de sa sincère reconnaissance envers Alfred. Il ne voulut pas
souffrir qu'elle eût d'autre demeure, ni
d'autre société que celle de sa famille,
composée de deux demoiselles et de leur
mère. Moïa fut accueillie avec le respect,
l'admiration et la reconnaissance dus au
malheur, au mérite et aux bienfaits.
Elle souffrait cruellement ; mais si les
caresses et les soins avaient pu fermer les
plaies de son cœur, elle aurait trouvé un
remède certain dans cet asile agréable.
Rien de ce qui ne soulageait pas Alfred
ne pouvait la soulager elle-même. Elle
s'aida des conseils des personnes honnêtes qui s'intéressaient à lui, pour trouver les moyens de mettre un terme à

tous les dangers qui menaçaient sa vie.
Un des agens du gouvernement qui venait depuis peu d'arriver de France au
Cap, jouissait d'une grande autorité et
d'une influence plus grande encore. Tout
le monde s'accorda à lui indiquer ce
grand personnage comme le seul qui fût
en état, s'il le voulait, de la servir effi-
cacement ainsi que le malheureux Alfred. Cette innocente fille, qui n'avait
aucun usage du manège du monde, n'hé-
-sita pas à aller se présenter devant un
homme que l'idée de son caractère pouvait remplir de hauteur et de rudesse ;
mais rien ne pouvait l'effrayer dans son
entreprise,

Elle se rendit accompagnée d'Ambroise, chez ce délégué ; elle traversa
avec hardiesse les gardes et les sentinelles dont sa maison était pleine ; et elle pénétra jusqu'à lui. Ambroise resta en de-

hors ; craignant que sa présence ne nui-
sit au succès de l'affaire. Moïa fut accueillie avec une froide malhonnêteté.
Le délégué lui demanda rudement ce
qu'elle voulait : elle lui exposa avec la
plus grande présence d'esprit, le triste
et douloureux objet de sa demande. La
grande agitation qu'elle éprouvait dans
un moment aussi critique, devant l'homme
qui tenait dans sa main le sort de son
cher Alfred, donna à sa voix la plus touchante expression. A sa première réponse, le délégué avait jeté les yeux
sur elle et avait été vivement touché de
ses charmes. Il lui dit avec moins d'im-
politesse que dans son accueil, qu'il connaissait l'affaire dont elle lui parlait,
qu'elle ne pouvait pas être plus mau-
vaise : il lui demanda en même temps
à quel titre elle voulait bien s'intéres-
ser au coupable. Elle lui répondit qu'elle

était sa sœur. Il s'étendit alors sur ce
qu'il appelait de la part de son frère,
un crime énorme. Moïa trembla et frémit en entendant ce langage. Il ajouta
qu'il ne dépendait pas de lui d'arrêter la
marche de la justice ; ces dernières paroles arrachèrent des larmes à Moïa. « Ah!
» s'écria-t-elle, avec l'accent de la plus
» vive douleur, si en sacrifiant ma vie
» je pouvais sauver la sienne! » Il s'é-
tendit beaucoup sur le prix de sa vie,
de sa beauté, sur ses grâces, sur sa jeunesse ; il discourut fort maussadement
sur le malheur qu'il trouvait à ce qu'une
fille de son rare mérite fût réléguée dans
une colonie : sur les avantages qu'elle
rencontrerait en s'attachant à un homme
aimable, qui lui procurerait une condition plus agréable et pourrait même lui
rendre les services les plus essentiels.
« Ah! répondit-elle avec la plus grande

» vivacité, ma reconnaissance serait sans
» bornes pour celui qui me rendrait ce
» service essentiel que j'implore auprès de
» vous ». Il lui dit alors que dès quelle
parlait de reconnaissance, il pourrait
beaucoup faire pour son frère, mais comme
la tendre ingénuité de cette charmante
et vertueuse fille, ne lui avait pas laissé
pénétrer jusqu'où devait s'étendre cette
reconnaissance, elle ne put se défendre
d'un horrible saisissement en entendant ses
infâmes propositions, il le prit pour un
effet de sa timidité et de son innocence.
Elle eût trouvé la mort mille fois préfé-
rable. Elle se fit violence pour écouter
jusqu'au bout, son odieux et méprisable protecteur, dans le seul espoir que
sa complaisance pourrait être très-utile
à son amant, sans offenser son amour.
Le brutal délégué, croyant déjà son
triomphe certain, voulut hasarder quel-

ques caresses. Si elle n'eût écouté que
son inclination, elle eût fait éclater en
paroles énergiques, toute l'horreur qu'il
lui inspirait; mais elle fut maîtresse
d'elle-même, et se borna à se défendre
avec douceur et dignité de ses criminelles tentatives. Elle usa même adroitement de cette odieuse circonstance, de la
seule manière dont une femme seule est
capable; elle lui représenta qu'elle attendait de lui autre chose que des paroles vagues, et qu'il devait sur le champ,
s'il voulait se rendre agréable, lui donner une preuve qui ne fut pas équivo-
que de l'intérêt qu'il promettait de prendre à son frère; que c'était l'unique
moyen de lui prouver que son dessein
n'était pas de surprendre sa bonne foi;
il lui fit mille protestations d'un dévouement qui ne connaissait pas de bornes.
Le barbare était vre d'amour; il eût

procuré sur le champ la liberté à Alfred,
si Moïa lui eût accordé la récompense
qu'il lui demandait, mais elle voulait
épuiser tous les moyens et recevoir les
ordres d'Alfred, avant de disposer d'un
bien qui tout entier lui appartenait, et
dont elle n'avait que le précieux dépôt.
Le délégué la pria d'un ton passionné,
de lui apprendre ce qu'elle exigeait de
lui; elle lui demanda seulement la permission de voir son frère et de l'entretenir sans témoin. Sur le champ il prit
la plume et lui traça l'ordre le plus am-
ple qu'elle pût désirer. Le plaisir qu'elle
éprouva en le recevant, adoucit ses cuisans chagrins; son cœur était tout entier
à l'espoir de secourir son amant en s'approchant de lui. Il n'était pas partagé
par la reconnaissance; elle n'en devait
d'aucune espèce à un barbare qui préten-
dait lui vendre si cher ses odieux services.

A peine eut-elle reçu la permission qui lui était accordée, qu'elle s'échappa plutôt qu'elle ne sortît de la chambre du méprisable délégué. Il aurait voulu la retenir encore, animé par le dessein d'assouvir sa brutalité, mais la précipitation de son départ lui en ravit tout espoir. S'il avait réprimé ses transports, c'est parce qu'il espérait obtenir de la nécessité ce qu'il n'aurait pas rougi d'obtenir par la violence. Moïa recueillait tout le prix de sa généreuse dissimulation. Elle trouva Ambroise qui l'attendait avec la plus grande inquiétude. Elle lui montra la permission qu'elle avait obtenue. Un léger rayon d'espoir commença à luire à leurs yeux; ils se concertèrent sur la manière de tirer le parti le plus avantageux de la faculté accordée à Moïa; ils jugèrent que l'évasion était le moyen le plus immédiat à tenter pour

le salut d'Alfred. L'exécution leur en
parut très-difficile; ils ne connaissaient
pas les obstacles qui devaient s'y opposer, et ne pouvaient rien déterminer
avant d'avoir parlé à l'intéressant Alfred.
Pour en préparer et en faciliter l'effet,
Ambroise se procura une lime et un
épieu en fer, d'une moyenne grandeur;
il était très pesant. Moïa fut d'abord on
ne peut plus embarrassée sur la manière
dont elle pourrait le porter, pour que
son poids et son volume ne gênassent
pas ses mouvemens et sa marche. Un
instant de réflexion suffit pour faire évanouir cet inconvénient. Ambroise se mit
à fixer fortement, à l'une des extrémités de l'épieu, une corde que Moïa entre-
laça autour de son corps délicat, de manière que ce pesant instrument était suspendu à sa ceinture et caché sous ses
vêtemens. Elle se présenta ainsi à la

prison, pleine du courage que lui inspirait le désir et l'espoir de sauver les jours de son ami.

Le geôlier, à la lecture de l'ordre qu'elle lui présenta, l'introduisit aussitôt. La vue d'une jeune fille, qui semblait être toute entière à sa douleur, ne put lui inspirer aucune méfiance. Un tremblement universel la saisit, quand elle se vit dans la même enceinte où Alfred était prisonnier. Elle ne put commander à son horreur, en pénétrant dans ce séjour d'afflictions et de tourmens, au bruit des verroux, à la vue des portes énormes entassées les unes sur les autres. Elle ne pouvait commander à ses sanglots et à ses larmes, en pensant qu'il avait été précipité dans le lieu le plus reculé et le cachot le plus sombre. Enfin, elle arriva au fatal escalier, au fond duquel était situé le cachot d'Al-

fred. « Vous allez le voir, lui dit le
» geôlier en la précédant. » Il arrive à
la porte, fait rouler un verrou, entr'ouvre le guichet, jette un coup-d'œil dans
le cachot, et s'adressant à Moïa : « Il ne
» remue pas, dit-il, je crois qu'il dort,
» mais vous le réveillerez bien, je vien-
» drai vous chercher dans une heure. »
En achevant ces mots, il s'éloigne et
referme toutes les portes qu'il traverse.

Moïa resta un instant immobile, es-
pérant qu'Alfred paraîtrait au guichet,
mais ce fut en vain. Elle entendit bientôt
un léger frémissement qui semblait provenir de quelques anneaux de fer. « Dieu !
» serait-il enchaîné »! Elle ne pût en
dire davantage; elle était demeurée au
haut du degré, mais ce léger bruit
ayant aussitôt cessé, elle se hasarda à le
descendre; ses jambes refusaient de la
soutenir en approchant de cette porte

funeste ; mais les instans sont précieux, dans une heure elle devait s'éloigner. Cependant , s'il dort , devrait-elle le réveiller ? Cette réflexion l'agite ; elle est à la porte du cachot , elle avance doucement sa tête vers le guichet. Un faible rayon de lumière lui fait apercevoir une voûte basse et humide. Elle entrevoit dans l'enfoncement un objet qu'elle ne peut distinguer. Son cœur lui dit que c'est Alfred. Bientôt ses paupières se dilatent dans l'obscurité et elle le reconnaît ; mais dans quel état ! Couché sur de la paille qui n'est plus qu'un fumier infect. Il était étendu sur le dos, ses bras étaient abandonnés sur chacun de ses côtés, sa figure était tournée vers le ciel ; on l'aurait cru mort, si quelques soupirs qui s'échappaient péniblement de son sein, n'eussent attesté qu'il vivait encore, et qu'il vivait pour la douleur.

Enfin elle l'aperçoit faire un mouvement, soulever sa tête avec effort, et la
laisser aller sur une main qui s'avance
pour la soutenir. Bientôt il se lève, le
bruit de ses fers résonne alors, et trouble
l'effrayant silence qui régne autour de
lui. La malheureuse Moïa ne peut plus
en douter. Alfred est enchaîné! Elle allait lui adresser ses douces paroles; mais
hélas! la douleur étouffe sa voix, épuise
ses forces déjà sensiblement altérées; elle
succombe et se laisse aller à demi-morte
sur une marche de l'escalier. Les accens
qui frappent alors son oreille, retiennent
par un invincible charme, son âme prête
à s'échapper. Elle entend Alfred, c'est
lui-même qui prononce ces touchantes
paroles : « C'en est donc fait! Il faut
» mourir! Il faut mourir sans recevoir
» les derniers adieux de mon père et de
» ma tendre amie! Depuis huit jours

» que je suis enseveli vivant, je n'ai vu
» que mon barbare geôlier, mes gardes
» et mes bourreaux, je n'ai entendu
» parler que des apprêts de mon cruel
» supplice ! Où sont donc ceux qui m'ai-
» ment ? ou plutôt, suis-je encore aimé ?
» Est-ce au pied de l'échafaud qu'ils veu-
» lent me serrer dans leurs bras ? Que je
» souffre ! Juste ciel ! Nulle consolation
» ne vient à mon secours, tout s'unit
» pour me désespérer ! Malheureux Al-
» fred ! Je ne sais plus ce que c'est que
» raison, que philosophie; ressources im-
» puissantes contre le désespoir qui me
» déchire. Je ne prends aucune nourri-
» ture; quelques gouttes d'une eau fétide
» que je mets sur mes lèvres pour étan-
» cher ma soif et appaiser ma fièvre, ne
» pourront me préserver d'un entier
» épuisement. C'est en vain que deux fois

» le jour, un barbare geôlier fait rouler
» à mes pieds un morceau de pain gros-
» sier ; je brave l'empire de la faim. Du
» moins s'il m'était offert par cette main
» qui tant de fois m'a présenté des fruits
» exquis. Mais pourquoi mon imagina-
» tion se reporte-t-elle sur ce qui tend à
» augmenter mon désespoir? Oublions-la
» plutôt, s'il est possible. Mais que de-
» viendront mes sérmens? N'ai-je pas
» juré mille fois que mon dernier soupir
» serait pour elle? O mon père! ami
» aussi respectable que cher, ne me
» traitez pas avec la rigueur que mé-
» rite mon parricide! Vous ne m'aviez
» pas élevé pour l'être, je ne voulais
» pas le devenir non plus. Un excès de
» vertu fait tout mon crime.... Je ne
» suis pas indigne de vous, je n'ai pas
» mérité la fin déplorable qui m'attend..

Ah ! si avant d'expirer, je pouvais col-
ler mes lèvres sur vos mains pater-
» nelles ! Et toi, amie fidelle et tendre,
» pardonne-moi les pleurs que je vais te
» causer. Je n'aurai cessé de t'aimer, ma
» chère Moïa, que lorsque j'aurai cessé
» de vivre. Je te quitte, mais ce n'est
» pas pour t'être infidèle. De tes bras,
» je vais passer dans ceux de la mort !...
» Affreuse séparation !... Puisse-t-elle
» t'être moins funeste qu'à moi !... C'est
» bien assez d'une victime !... Le ciel
» n'en reçoit pas tous les jours d'aussi
» pure !... Ne devions-nous pas être heu-
» reux ensemble ?... Cette idée m'est
» encore bien chère, mon esprit ne peut
» s'en détacher. Il est tout à toi, ma
» douce amie, tu règnes toujours sans
» partage dans mon cœur... Ton idée
» rend le calme à mon âme, la force à
» mon esprit ; j'éprouve les effets de

» cette douce sympathie, qui nous a
» rendus si chers l'un à l'autre ; elle me
» dit que tu n'as pas cessé de m'aimer....
» Je ne cesserai jamais, s'écrie Moïa,
» en se précipitant vers le guichet. In-
» fortuné, aurais-tu pu croire que je
» t'aurais laissé périr sans secours ?....
» Donne-moi tes mains, donne que je
» les couvre de mes baisers et de mes
» larmes »!.. Alfred, confondu et muet,
croit être le jouet de son imagination
égarée, mais lorsqu'il s'est senti ranimé
par les caresses de Moïa, de laquelle il
s'est rapproché comme involontairement,
il ne peut la méconnaître.

Le plaisir qu'elle goûta en revoyant
Alfred, fut empoisonné par la situation où elle le trouvait. Il était d'une
pâleur mortelle, ses joues étaient dé-
charnées, ses yeux caves et éteints. Il
avait la tête enveloppée d'un mouchoir,

qui, ainsi que ses habits, étaient souil-
lés de sang ; il était couvert de meur-
trissures et de contusions, ses pieds
étaient écorchés par les fers. Il se soutenait à peine. Elle lui rendait compte de
la manière dont elle avait été instruite
de son malheur, de son départ de chez
sa mère ; de la réception qu'elle avait
reçue au Cap, de l'officier à qui il avait
sauvé la vie. Il lui demanda des nouvelles
de son père ; elle ne lui cacha point la
révolution fatale que lui avait causée sa
résolution ; mais elle le rassura sur ses
jours. Elle lui raconta ensuite le moyen
dont elle avait usé pour pénétrer jusqu'à
lui ; lui rendit un compte fidèle de l'entrevue qu'elle avait eue avec le délégué ;
elle ne lui en tut aucune circonstance.
Il l'écoutait avec attendrissement, et lui
demanda quel était son dessein. Elle lui
dit qu'elle venait lui demander ses conseils

ou plutôt recevoir ses ordres. « Fille ver-
» tueuse et touchante, lui dit Alfred, que
» vous m'inspirez d'admiration ! Mais, ne
» croyez pas, ma douce Moïa, me sur-
» passer en délicatesse ni en générosité;
» je n'exigerai jamais de vous aucun sa-
» crifice contraire au soin de votre hon-
» neur et de votre vertu ; et si vous le fai-
» siéz, au mépris de mes sentimens, ma
» mort que vous auriez voulu prévenir,
» n'en deviendrait que plus assurée.
» Eh bien ! que veux-tu que je fasse ?....
» Parle, dispose de mon sort, ma vie
» est à toi !.... — Je connais, lui dit
» Alfred, un moyen de salut digne de
» mon courage et de mon honneur; re-
» tournez près du barbare délégué, nour-
» rissez adroitement l'espoir dans son
» cœur corrompu; obtenez de lui une
» autre permission pour revenir auprès
» de moi, munissez-vous d'une lime et

» d'une barre de fer; si vous pouvez
» me procurer ces deux objets, ma déli-
» vrance est certaine ». « Je les ai, les
» voici, dit Moïa, transportée de joie »;
et elle les lui remit. Une révolution
s'opère sur le visage d'Alfred, au moment où il reçoit ces instrumens de son
salut et de sa liberté. Il contemple avec
ravissement le terrible épieu, et d'un
bras robuste, il le fait mouvoir autour
de lui. Au murmure menaçant qui agite
l'air, elle reconnaît que la vigueur de
son cher Alfred n'est pas éteinte. Il lui
recommande de l'attendre à l'entrée de
la nuit dans un lieu qu'il lui indique,
sur le chemin qui conduit au quartier
de la plaine du nord. Ce fut là qu'il lui
promit de se rendre. Il cacha soigneusement ses précieux instrumens, il entre-
tient Moïa de ses espérances en la com-
blant de carresses. Elle les recevait avec

sa douceur accoutumée, mais elle ne
pouvait suspendre le cours de ses larmes.
Le bruit des verroux annonça bientôt
l'arrivée du geôlier. Les pleurs de Moïa
redoublèrent, lorsqu'il fallut enfin se
séparer.

Lorsque Moïa se retira, le geôlier
ferma sur Alfred le guichet qu'il avait ouvert pour l'entrevue, il devait revenir sur
le soir, peu de temps avant la nuit. Il
était dans l'usage d'entr'ouvrir à cette
heure la porte du cachot, pour y intro-
duire des objets qui ne pouvaient passer
par le guichet. Dès qu'il se fût retiré,
Alfred travailla à briser ses fers; il y
réussit aisément au moyen de sa lime. Il
sentit ses forces et son courage s'accroître;
quand il fut délivré de ses cruelles en-
traves, il s'arma de son épieu de fer, et
attendit avec impatience le moment où
le geôlier reparaîtrait. Cette heure dé-

sirée arriva, mais il ne vint personne.
Enfin, après plus d'une heure d'attente ;
un bruit lointain de verroux et de clefs
vint frapper ses oreilles. L'état d'agitation
où était son esprit, tourna tout entier au
profit de son courage ; il s'entretenait de
toutes les idées qui étaient propres à
l'enflammer. Alors le geôlier descendait
l'escalier, déjà il a enlevé les cadenas ;
les verroux sont tirés, la porte s'entr'ouvre à peine, Alfred se précipite avec
tant de violence pour achever de l'ouvrir,
que la force du mouvement qu'il lui im-
prime, renverse le geôlier sur les pre-
mières marches de l'escalier. C'était un
homme robuste ; il allait se buter pour
lutter contre Alfred ; celui-ci ne lui en
laisse pas le temps, il le saisit par les
cheveux, le retient contre terre, le traîne
jusqu'au fond du cachot, d'un saut s'é-
lance au dehors, repousse la porte et re-

ferme les verroux sur son odieux geôlier, qui se trouve lui-même prisonnier. Alfred s'arme de son épieu, saisit le trousseau de clefs que le geôlier a abandonné dans sa chute, et s'en sert pour ouvrir toutes les portes qu'il est obligé de traverser, il les referme soigneusement après lui. Il arrive à la dernière ; il allait chercher une clef pour l'ouvrir, quand il s'aperçoit qu'elle ne peut l'être qu'en dedans ; son embarras est extrême ; le voilà de nouveau prisonnier : il lui est impossible d'aller plus loin. Il n'avait pas soupçonné cette terrible circonstance. Au bruit causé par l'agitation des clefs, il entendit quelqu'un courir et s'arrêter un instant pour écouter ; bientôt il entend une voix de femme qui s'écrie : « Est-ce vous, mon père » ? Alfred répond en imitant la voix du geôlier, et d'un ton d'impatience dit que l'on vienne lui ouvrir. La porte s'ouvre aussitôt. C'était une jeune fille qui avait tiré le verrou ; il sort, la saisit vivement par le bras, et referme sur elle. Il lui restait encore à traverser, pour être libre, une grille de fer qui était continuellement fermée. Il va droit à la chambre du geôlier, il n'y trouve que sa femme et un noir. A sa vue, l'un et l'autre poussent un cri d'étonnement ; il s'élance sur le noir, l'a bientôt saisi et terrassé, lève sur lui son arme redoutable, en le menaçant de lui arracher la vie, s'il lui oppose la moindre résistance. Il demande en même temps à la femme la clef de la grille ; elle n'hésite pas à la lui remettre. Il se couvre d'un des habits du geôlier, il marche à la grille, l'ouvre, la referme et s'éloigne. Le factionnaire le prenant pour le geôlier, ne gêne point son passage. Il traverse rapidement la ville,

et va au rendez-vous ; il n'y voit personne , mais à une voix harmonieuse qui
demande : Est-ce Alfred ? il a bientôt
reconnu Moïa ; il se précipite vers elle
et la serre dans ses bras.

Ils s'éloignent aussitôt. A quelque distance , ils trouvent Ambroise qui les
attendait avec deux chevaux. Ce respectable ami ne put modérer l'excès
de la joie qu'il ressentait en le voyant
soustrait à tant de dangers. Alfred place
lui-même Moïa sur un cheval , Ambroise
monte sur l'autre , et ils marchent rapidement. Ils rencontrèrent beaucoup de
monde sur le chemin , mais heureusement pour eux , ils n'éprouvèrent aucun
obstacle.

Ils marchèrent jusqu'au milieu de la
nuit ; ils avaient alors traversé le quartier
de la plaine du nord , et étaient à l'abri
de tous les périls. Ils s'arrêtèrent pour

goûter quelque repos. Alfred était fati-
gué, moins par la longueur de la marche, que par l'épuisement que lui avaient
causé ses souffrances ; ses pieds étaient
ainsi que ses jambes , entamées par les
fers. La nourriture répara ses forces, et
les soins de Moïa calmèrent ses douleurs.
Elle ne détournait pas ses regards de
dessus lui ; elle craignait que sa délivrance ne fût un songe , tant elle lui
semblait désespérée. Elle se fit raconter
l'évasion , et fut charmée d'apprendre
qu'elle n'avait pas couté de sang. Elle
pansa le mieux qu'elle put les blessures
qu'il avait reçues à la tête , le jour
où il avait failli périr victime de sa générosité. Lorsque ses soins furent remplis, ils se remirent en route, et au bout
de deux jours, ils arrivèrent sans accident à l'habitation de M. de S.-Marc.

Il était dans son lit , épuisé de dou-

leur; sa vie dépendait des nouvelles
qu'il recevrait au sujet de son fils. Il eût
été très – dangereux, dans l'état de faiblesse où il se trouvait, de lui causer
une révolution trop sensible. Ambroise
parut le premier : il lui dit qu'il venait
lui annoncer de bonnes et excellentes nouvelles, et ainsi il prépara son esprit de
manière à pouvoir lui apprendre que son
fils avait recouvré sa liberté et n'attendait que l'instant de pouvoir se jeter
dans ses bras. Alors Alfred parut, accompagné de Moïa. « Ah ! mes chers
» enfans, leur dit ce bon et respectable
» père ». C'est tout ce que son extrême
faiblesse lui permit de prononcer dans
ce moment. Il les pressa contre son sein
et les arrosa de ses larmes.

Lorsque les émotions les plus vives
furent appaisées, M. de St.-Marc demanda à être exactement instruit des

circonstances qui avaient accompagné
l'heureuse délivrance de son cher fils.
Alfred les lui raconta aussitôt, et
donna à sa chère Moïa toute la part qui
lui revenait de cette délivrance. M. de
St.-Marc, en l'écoutant, était dans une
véritable extase de la présence d'esprit et
du sang froid, de l'adresse et du courage de cette aimable fille. « Elle n'a
» pas trompé mon espoir, disait-il, je
» n'espérais absolument qu'en elle ».
Alfred enchanté, la considérait d'un air
attendri ; elle lui tendit la main, en lui
disant : « Bénissons le ciel, je suis en-
» core digne de toi ».

Antonio arriva précisément le même
jour. Madame Durand l'avait envoyé
pour savoir des nouvelles de M. de St.-
Marc et de ses enfans chéris. Moïa saisit
avidement cette occasion d'écrire à sa
mère la lettre suivante :

« Ma très-chère Maman , j'arrive du
» Cap avec Alfred ; il s'est échappé de
» prison, et j'ai eu le bonheur de con-
» tribuer à son étonnante délivrance. Je
» ne puis pas vous dire maintenant tout
» ce qui s'est passé à ce sujet ; je vous
» en rendrai un compte fidèle dès que
» je serai rendu auprès de vous. Je ne
« goûterai pas ce plaisir avant quelques
» jours ; Alfred , qui doit m'accompa-
» gner , est trop épuisé pour entrepren-
» dre ce voyage. Dans quel état je l'ai
» trouvé , ce pauvre malheureux ! J'en
» pleure , chaque fois que j'y pense. Son
» père est au lit, et j'ai moi-même le plus
» grand besoin de repos. J'ai subi , ma
» chère maman , de grandes épreuves
» depuis que je vous ai quittée. Mon
» cœur a été déchiré. Rendez grâce au
» ciel de vous avoir conservé vos enfans,
» car l'un n'aurait jamais pu survivre à

» l'autre. Le plaisir que j'ai de dissiper
» votre inquiétude et votre douleur,
» entre beaucoup dans la joie que j'é-
» prouve ».

Elle remit cette lettre à Antonio, qui
repartit de suite pour la rendre à sa
mère. Elle resta à l'habitation de M. de
Saint-Marc tout le temps qui fut nécessaire à son entier rétablissement et
à celui d'Alfred. Ce fut elle qui prit
soin de l'un et de l'autre. Peu de jours
suffirent à leur guérison. Pendant cet
espace de temps, M. de Saint-Marc re-
cueillit tous les rapports que son fils,
Moïa et Ambroise lui firent de ce qu'ils
avaient vu ou entendu au Cap et dans
les environs. Il y reconnut tous les symptômes d'une explosion terrible et pro-
chaine ; il se félicita d'en être à l'abri
pour les premiers instans, par l'éloignement où était son habitation du théâtre

des grands événemens , et par l'ignorance
où l'on était au Cap sur son exposition.
Cela servit à le tranquilliser sur le sort
de son cher Alfred. Il savait que l'on
ferait certainement de rigoureuses per-
quisitions pour découvrir le lieu où il
s'était retiré ; mais elles ne pouvaient
s'étendre que dans des lieux habités. Il
se félicita alors d'avoir su maintenir
son habitation dans un lieu où il avait
l'espoir de jouir de quelque tranquillité.
Il fut résolu, pour éviter toutes les oc-
casions où elle pouvait être altérée,
qu'Alfred ne paraîtrait plus , non-seule-
ment au Cap , mais même dans aucun
lieu habité, quel qu'il fût. Les informa-
tions à prendre , tous les voyages ,
toutes les absences , en un mot, deve-
naient toutes désormais de la compé-
tence et à la charge du bon Ambroise.

Dès qu'Alfred fut entièrement rétabli,

il accompagna Moïa chez sa mère. Madame Durand fit les reproches les plus tendres à sa fille de ce qu'elle l'avait abandonnée, mais elle ne put blâmer une démarche qui avait eu une aussi heureuse réussite. Les infortunes d'Alfred lui arrachèrent des pleurs d'attendrissement. Au généreux dévouement de celui qui s'était exposé à recevoir la mort pour l'épargner à un homme respectable qui en était menacé, elle reconnut le même qui avait disputé et ravi avec tant de valeur, sa fille à l'odieux Montfort. Elle gémit amèrement sur les affreuses conséquences où l'avaient exposé son intrépidité et sa commisération ; elle lui donna à cet égard tous les conseils que lui suggéra l'attachement vrai et sincère qu'elle avait pour lui. Il les écouta avec reconnaissance et respect : la mère de Moïa était devenue la sienne.

Un événement dont l'issue naturelle
devait être le plus grand des désastres,
et qui s'était si heureusement terminé,
ajouta une nouvelle force aux liens qui
unissaient ce couple intéressant. Toute
la force de l'amitié, toute la puissance
de l'amour concourraient à les rendre
chers l'un à l'autre : tous les deux également avaient atteint le dégré le plus
sublime de ces deux sentimens. Depuis
long-temps l'amour ne pouvait plus faire
aucuns progrès dans leurs cœurs, l'estime
venait de consommer les siens dans leur
âme. Ils étaient aussi sincères amis que
fidèles amans. Ce double titre, qui devait
être une source inépuisable de plaisirs,
n'est ordinairement qu'un remède contre
le malheur. Les traits de l'adversité pé-
nètrent et déchirent l'homme dont le
cœur est vide de sentimens et de passions ; mais ils viennent se briser contre

celui qui a rempli sa destination , et qui
peut emprunter de la force de son union
avec une femme douée d'une âme fière
et d'un cœur tendre. La nature peut bien
renverser l'un d'eux par l'exercice démé-
suré de sa puissance , mais tant qu'elle
ne les a pas immuablement séparés , elle
ne peut empêcher que l'autre ne vienne
à son secours; ne le relève , ne le sou-
tienne et ne le ranime comme la rosée de
la nuit ranime la fleur qu'a flétri la
chaleur du jour. Ainsi Moïa était invincible avec Alfred, et celui-ci était invincible avec elle. Etant réunis, ils pouvaient supporter les plus terribles épreuves du malheur, et leur attachement
mutuel était d'autant plus vif, que de
cruels accidens leur en avaient mieux fait
connaître les avantages inappréciables.
Ce besoin qu'ils avaient de se rapprocher n'était pas une inclination furieuse

et passionnée, l'union de leurs cœurs
suffisait à leurs desirs.

Alfred continua à se rendre près de
Moïa comme il l'avait toujours fait pré-
cédemment ; il revenait ensuite vaquer à
tous les travaux de l'habitation et faire la
consolation de son père. Il ne donnait à
son amante que les instans qu'il pouvait
lui consacrer sans nuire aux devoirs que
lui imposait la piété filiale. La tendresse
de son père, devenue plus méfiante depuis la cruelle épreuve qu'elle venait de
subir, lui inspirait les plus vives alarmes
chaque fois qu'Alfred s'éloignait de l'habitation : il ne la quittait que pour aller
voir Moïa.

Deux mois s'écoulèrent dans le même
genre de vie que les malheurs d'Alfred
avaient interrompu. Au bout de ce temps,
Ambroise retourna au Cap, et en rap-
porta les nouvelles les plus tristes et les

plus désastreuses. La grande révolution
machinée depuis si long-temps, touchait
à son accomplissement. Le décret con-
sacrant en principe l'abolition de l'esclavage était arrivé de la France, et nulle
barrière ne pouvait plus retenir désormais les noirs dans l'obéissance et la sou-
mission. Déjà le sang avait coulé : M. de
Mauduit, colonel d'un régiment en garnison au Cap, venait d'être massacré,
plusieurs colons l'avaient été par leurs
esclaves. Ces effrayantes nouvelles plon-
gèrent dans une consternation profonde,
les colons de l'une et l'autre habitation.

Depuis le retour d'Ambroise, on remarqua des symptômes qui semblèrent
présager un funeste avenir. Nul étranger n'avait jamais paru dans les environs des deux habitations, si ce n'est
quelques marrons qui se dérobaient aux

regards par une prompte fuite. Leur passage devint plus fréquent ; ils parurent en grand nombre, et sans observer les mêmes précautions. Ils eurent plusieurs entrevues avec les noirs de madame Durand et de M. de S.-Marc. Ils voulaient les déterminer à les suivre. Louis fut un jour surpris par Alfred en conférence dans un lieu reculé avec un noir inconnu. Celui-ci prit la fuite dès qu'il vit qu'il avait été aperçu, et Louis refusa obstinément de donner à Alfred les moindres éclaircissemens sur l'entretien qu'il avait eu avec le noir.

Chaque jour une nouvelle circonstance fortifiait les craintes, laissait entrevoir de nouveaux périls. Louis, Coco et Paulin prirent la fuite et allèrent au Cap. M. de S.-Marc ne put se défendre d'une terreur profonde en apprenant cette fuite inattendue. Une circonstance

aussi alarmante lui fit connaître toute
l'étendue de la contagion. Le mal était
absolument sans remède. Il ne pouvait
plus continuer la culture, faute de bras,
et il était impossible de s'en procurer
à moins que d'aller s'établir dans la
partie espagnole. Il n'entrevit aucun
moyen praticable dans cet instant, pour
éviter les dangers dont cet orage les menaçait. La France qui était elle-même
un foyer de troubles, ne pouvait lui
fournir un asile, et il n'avait pas assez
de fortune pour en chercher un dans
une autre partie de la terre. Il rappela
toute sa philosophie et son courage pour
faire tête au danger ; les idées d'intérêt,
celles du besoin, furent absorbées dans
son âme par l'idée de la conservation de sa
vie. Alfred se rendit auprès de madame
Durand, pour la prévenir de l'évasion de
leurs noirs et concerter des moyens com-

muns de sûreté. Il la trouve plongée dans
les alarmes les plus vives ; ses esclaves
venaient aussi de l'abandonner , excepté
Antonio qui lui restait attaché par les
liens de la reconnaissance. Ils étaient
allés se joindre à ceux de la grande rivière qui étaient insurgés et qui s'étaient
abandonnés aux attentats les plus criminels.

En effet , la terrible explosion qui s'é-
tait préparée en France et machinée en
Amérique venait de s'opérer ; enfin , un
seul instant voyait détruire le fruit d'un
siècle et demi d'industrie , de travaux
pénibles et d'une constance inébranlable.
La France se voyait privée tout-à-coup
de la plus opulente de ses colonies. Tout
périssait ensemble , les blancs et leurs
ouvrages ; de toutes parts les habitations
s'écroulaient sous ses tourbillons dévo-
rans ; les hurlemens de mille légions de

bourreaux se mêlaient à ses pétille-
mens, et cette horrible harmonie n'était
interrompue que par les cris des victimes qui expiraient dans le feu ou qui
étaient morcelées et martyrisées. Le noir
devenu libre, s'abreuvait à longs traits
de la destruction et du carnage. Ce n'é-
taient plus, en un mot, dans toute l'é-
tendue de la colonie, qu'incendies et
massacres.

Madame Durand était voisine du
quartier de la grande Rivière, mais la
distance qui l'en séparait était assez
grande pour qu'elle crût pouvoir demeu-
rer encore quelque temps sans le moindre péril dans son habitation. Elle ne
voulut pas se déterminer à la quitter,
avant d'avoir pris l'avis de son ami
M. de S.-Marc. Elle avait la plus grande confiance dans sa sagesse. Elle con-
vint avec Alfred de s'en rapporter à la

décision de son père, et que s'il pensait
qu'elle dût se rapprocher de lui, il revint la chercher aussitôt. « Au moins,
» Alfred, lui dit Moïa, vous voyez les
» dangers qui nous environnent, ne
» nous laissez pas périr ; sauvez ma mère
» et une fille qui n'espèrent plus qu'en
» vous. — Si j'en étais le maitre, ré-
» pond Alfred, je vous conduirais sur
» le champ chez mon père. Je vous
» quitte avec le regret le plus sincère
» et ne serai tranquille sur votre sûreté
» que lorsque je serai de retour auprès
» de vous ; mais je dois obéir à votre
» mère, vous le savez, c'est la première
» fois que je trouve pénible cette obli-
» gation. Adieu, ma chère Moïa, dans
» peu je reviendrai calmer vos ter-
» reurs ». Il la quitta après l'avoir
embrassée.

Dès qu'il fut arrivé à l'habitation de

son père, il lui apprit que le quartier
de la grande Rivière était révolté et que
l'on ne pouvait calculer jusqu'où ces
dangereux progrès pouvaient s'étendre.
Il lui communiqua ensuite les justes
craintes de madame Durand et l'inten-
tion où elle était de prendre le parti
qu'il croirait le plus convenable. Son
père lui répondit vivement qu'il fallait
aller la chercher, elle et sa fille, que le
premier moyen de salut qu'il voyait,
était de se réunir, et le second, de se ré-
fugier dans les environs de son habitation, où il y avait beaucoup de retraites
impénétrables. Alfred voulait partir sur-
le-champ, mais son père le retint pour
faire les préparatifs indispensables pour
pouvoir recevoir madame Durand et sa
fille ; ils durèrent deux jours.

Au bout du second jour, Alfred,
pour se délasser, alla se promener sur

le bord du ruisseau, le long des bananiers,
En levant les yeux vers le morne opposé
à sa case, il fut supris d'y apercevoir un
homme qui s'avançait vers l'habitation;
bientôt il reconnut Antonio. A la précipitation de sa marche, il jugea que
l'objet de sa commission était de la plus
grande importance, il fut à sa rencontre.
« Maître, lui cria le noir, d'aussi loin
» qu'il put se faire entendre, moi, ve-
» nir vous chercher bien vite. » Il avait
une lettre qu'Alfred courut avec précipitation remettre à son père : « Venez
» à notre secours, écrivait madame Du-
» rand, venez mon cher voisin; un
» jeune colon que je viens de voir, et
» qui, par une espèce de miracle, a
» échappé au massacre de sa famille,
» m'a appris que le quartier de la grande
» Rivière est entièrement ravagé et dé-
» truit; qu'un parti considérable de noirs

» est passé du côté de l'Artibonite.
» Qu'allons-nous devenir ?....... Venez
» vite, il en est temps encore, peut-
» être plus tard ne trouverez-vous que
» nos cendres ».

A peine cette lecture est-elle finie,
qu'Alfred, sans proférer un mot, entre
dans sa chambre, en sort son fusil à la
main, et armé jusqu'aux dents. Il embrasse son père et part.

La nuit couvrait déjà la terre de ses
ombres ; l'horizon était chargé de nuages épais. Alfred ne craignait nullement
de s'égarer, il était précédé de ses chiens.
Au lieu d'un couteau de chasse qu'il
portait ordinairement, il avait pris une
massue dont l'extrémité était revêtue
d'une épaisse lame de fer qui en redoublait la solidité et la pesanteur. C'était
une arme terrible entre ses mains. Il espérait arriver ainsi à temps pour préve-

nir l'irruption des noirs, et son dessein était de conduire sur-le-champ , dans un lieu reculé de la forêt, Moïa et sa mère, afin de les mettre de suite en sûreté. Il marchait avec autant de rapidité que l'obscurité le lui pouvait permettre, quoiqu'elle fût d'une profondeur effrayante.

Il ne lui restait plus à faire qu'une petite portion de chemin. Un murmure confus vint alors frapper son oreille : il s'arrête pour tâcher d'en démêler la cause. C'est en vain qu'il écoute avec la plus grande attention , il ne peut même s'assurer de sa direction , tant il est vague et lointain. Alfred poursuit cependant son chemin, n'imaginant pas d'où peut provenir un aussi singulier effet. A mesure qu'il avance , le bruit augmente. Il vient du côté de l'habitation de madame Durand. Alfred frissonne, il craint, en continuant sa route, d'acquérir la confirmation d'un malheur qu'il n'ose imaginer ; enfin, il croit distinguer des cris. Il ne s'est pas trompé ; ce sont des chants ou plutôt de véritables hurlemens, qui sont épouvantables. Il est arrivé trop tard, il ne peut plus en douter. Il vole, peut-être respirent-elles encore. En sortant du bois, il acquiert la confirmation terrible d'une catastrophe dont il aurait voulu pouvoir toujours en douter. Il aperçoit une vive lueur de l'autre côté d'un morne dont l'élévation lui dérobe l'objet ; c'est précisément dans ce lieu que la case où demeure Moïa est située. Il ne se connaît plus, sa raison est prête à l'abandonner ; il court comme un furieux, rugissant de désespoir et de rage ; il court pour venger son trépas. Il arrive au sommet du morne, et de là, il distingue les affreux détails de la scène qui

se passe sous ses pieds. Des globes de
flammes sortaient par toutes les issues
de la case qui était entièrement em-
brasée ; une troupe nombreuse de noirs
dansait autour de ce feu. Pendant qu'il
cherche à démêler s'il est encore temps
de sauver des victimes, où s'il doit les
venger, un cri horrible, mais bientôt
étouffé, qu'il entend, guide ses yeux
égarés vers un tourbillon de flammes qui
s'élève autour d'un poteau auquel est
attachée une femme nue. Déjà il bondit
trois fois pour se précipiter à son secours ;
mais à la clarté de ce même feu, il aperçoit une troupe de cannibales, au milieu desquels se débat une autre femme ;
elle est placée au pied d'un second poteau auquel, malgré ses efforts, elle va
être liée. Ses bourreaux achèvent de la
dépouiller pour satisfaire leurs lubriques
regards pendant l'horreur de son sup-

plice. Elle pousse un cri perçant, en appelant à deux reprises : Alfred! Alfred! C'est Moïa, il ne peut la méconnaître. Déjà deux coups de fusil ont donné la mort à deux de ses bourreaux; il est au milieu d'eux, armé de sa redoutable massue qu'il fait voler sur leurs têtes et qu'il rougit de leur sang. Ils fuient épouvantés, et n'essayent pas de résister à un tel ennemi. Tous ses coups sont mortels. Ce théâtre de l'horreur est jonché des corps d'une foule de Cannibales. Ils ont abandonné Moïa, il l'a vue fuir; elle s'est échappée comme une ombre, pendant qu'il s'est précipité vers le poteau d'où est parti le coup douloureux qui a percé son cœur. Hélas! il n'est plus temps! Un cadavre méconnaissable et informe est tout ce qui reste de la malheureuse madame Durand. Désespéré, il s'attache aux traces de sa fille infor-

tunée ; elle a disparu, la nuit la lui dérobe. Il se dirige du côté où il l'a vue
s'échapper ; il l'appelle, mais personne
ne lui répond. Il écoute attentivement
s'il ne pourra pas entendre quelques soupirs, quelques gémissemens, il règne le
plus profond silence, qui n'est interrompu que par des cris de terreur, que
les noirs fugitifs poussent en fuyant. Il
redoute qu'elle ne retombe entre leurs
mains, et par ses cris redoublés, il cherche à prévenir un tel malheur. Il réussit
par ce moyen à entretenir leur effroi,
mais il ne put la ramener auprès de lui.
Il s'éloigne presque désespéré. Il ne sait
où aller ; il ne peut non plus rester en
repos, tant il est agité. Il s'avance ma-
chinalement et s'engage dans les bois et
dans les rochers ; ses chiens le précédaient :
il les suivait sans dessein formé d'aboutir nulle part. Un orage qui éclate avec

la plus grande violence , l'oblige à chercher un asile sous une voûte formée par
un rocher ; là il s'assied dans une obscurité profonde. Ses chiens se placent à
ses pieds , et par leurs gémissemens redoublés participent à sa douleur. Il croit ,
il se persuade entendre un murmure
sourd. « Serait-ce, dit-il, un de ces mons-
» tres qui aurait traîné jusqu'à mes côtés
» les restes d'une si criminelle vie ?
» Oui, je dois en croire mes transports;
» c'est un ennemi qui me menace, joi-
» gnons-le à ceux que mon bras a fait
» périr, frappons sans pitié »....... En
prononçant ces mots, il se lève égaré,
saisit d'un bras impatient, sa massue
meurtrière , s'avance plein de fureur vers
les lieux d'où sont partis les accens qu'il
a cru entendre : déjà sa massue est levée ,
il la balance dans les airs , il va frapper...
L'orage est dans toute sa force......... Un

éclair étincelant se détache du ciel, repousse la nuit, et montre à Alfred sa
victime. C'est Moïa ; elle est étendue sans
le moindre mouvement à ses pieds, elle
est dans le plus grand désordre, elle s'é-
tait traînée jusqu'à ce lieu affreux. Alfred, sans le savoir, avait marché sur ses
pas, ses chiens l'y avaient guidé. Il jette
avec indignation l'arme fatale qui a failli
être l'instrument de son malheur et de
son crime. Il relève Moïa et la retient
dans ses bras. A l'abandon absolu où se
laissent aller toutes les parties de son
corps, il craint que la mort ne la lui ait
ravie. Son cœur, cependant palpite encore, il le sent battre contre sa main qui
est passée autour de sa malheureuse amie.
Sa respiration est oppressée ; il lui semble qu'elle va rendre le dernier soupir :
il tremble, le malheureux Alfred, pour
ses jours. Sa douleur a changé d'objet,

elle n'est pas cuisante, mais son caractère a perdu sa violence : il pleure et
arrose Moïa de ses larmes.

La profondeur de l'obscurité l'empêcha
de distinguer rien sur sa personne ni sur
ses traits, il ne pouvait lui donner aucun
secours; il était debout et la soutenait
de même en l'appuyant contre son sein;
il chercha à lui procurer une position plus
commode. Dans ce dessein, il l'assit sous
la voûte formée par le rocher, s'assit lui-
même à côté d'elle, et la soutint dans ses
bras. Il attendit dans cette situation que
le jour parût. Quelquefois sa voix rendait
des sons inarticulés qui n'avaient d'autre
accent que celui d'une douleur mortelle.
Si Alfred lui adressait la parole, c'était
inutilement; elle était plongée dans une
insensibilité profonde.

Le jour si désiré par l'infortuné Alfred
parut; il vint éclairer l'affreuse situation

de Moïa, et arracher des larmes nouvelles
à Alfred. Elle n'avait d'autre vêtement
qu'une jupe en lambeaux, elle était sans
chaussure, ses pieds et ses jambes étaient
meurtris et sanglans, elle avait à la tête
une forte contusion qui provenait d'un
coup qu'elle y avait reçu ; il en avait coulé
beaucoup de sang : ses cheveux en étaient
remplis. La pâleur imprimait l'image de
la mort sur son front décoloré, et sa touchante physionomie respirait les plus
cruelles souffrances du corps et de l'âme.
Ses regards mourans n'embrassaient et ne
distinguaient aucun objet, ils erraient
sans jamais se fixer. Ils se rencontrèrent
et se confondirent quelquefois avec ceux
d'Alfred, mais sans donner aucun signe
de reconnaissance et de sensibilité. En
vain il l'appelait ; en vain il prononçait
le nom de Moïa et le sien, elle ne l'entendait pas, rien absolument ne pouvait

émouvoir. Cependant sa raison ne l'a-
bandonna pas, il fait un effort sur lui-
même pour la faire triompher de sa douleur. Il fallait des secours plutôt que des
larmes, il ne pouvait en donner que dans
l'habitation de son père ; sur le champ
il forme la résolution d'y transporter sa
chère M... P... exécuter ce désir d'une
manière... attrayante pour elle, il
forma un brancard avec des branches flexi-
bles ; il la plaça dessus avec beaucoup de
soins, et il se chargea courageusement
de ce cher fardeau.

Il était essentiel, dans le malheureux
état où elle était plongée, qu'il pût observer ses traits, dont le mouvement devait indiquer ce qu'elle éprouverait pendant la route. Il la portait dans ses bras
et avait les yeux continuellement fixés sur
elle. Il cherchait à démêler sur sa figure
quelque signe de sentiment. Il s'arrêtait

quelquefois pour se reposer., et dès qu'il
avait repris haleine, il continuait à marcher. Il eût bien voulu la couvrir de quelques vêtemens pour la garantir des ar-
deurs du soleil et de la piqûre des insectes ; mais il n'avait aucun moyen de la
garantir de ces deux cruelles incommodi-
tés. Il marcha ainsi jusqu'au moment où
la chaleur devint insupportable ; alors il
se trouva sur les bords d'un ruisseau qui
coulait au travers des bois. Il s'était dirigé vers ce lieu comme le plus commode
qu'il connût pour pouvoir s'y reposer. Il
déposa Moïa au bord du ruisseau dans un
lieu couvert d'un ombrage impénétra-
ble. Il prit de l'eau dans sa tasse de coco,
et se servant de son mouchoir, il lava la
contusion qu'elle avait à la tête. Ensuite
il dégagea ses cheveux du sang qui les
souillait.

La fraîcheur de l'eau lui rendit ses es-

nits, mais elle ne lui fit pas recouvrer
la raison. Dès qu'elle l'eut ressentie, elle
parut sortir de son affaissement, ses membres et ses organes reprirent leur action,
qui était absolument suspendue, depuis
qu'elle avait eu le bonheur d'échapper à
ses bourreaux ; elle parut même passer
de son accablement dans l'état le plus
agité, sa respiration devint précipitée ;
ses joues se colorèrent d'une vive rou-
geur, ses yeux s'animèrent du feu de l'é-
garement. Elle prononça distinctement
ces paroles : laissez moi, monstres cruels,
laissez moi..... Ma mère ! Alfred !
malheureux Alfred ! ou êtes-vous ? Alfred, ravi de l'entendre parler, se jette
à genoux devant elle, prend ses mains
qu'il presse de ses lèvres ; mais elle les
retire avec horreur et avec un air égaré, en disant : « Si Alfred était ici, il
» t'empêcherait certainement de me mar-

» tyriser, il aurait sauvé ma mère de ta
» férocité..... Que t'avait-elle fait, mons-
» tre, pour la faire périr ?... Est-ce que
» vous ne me reconnaissez pas, Moïa, lui
» dit Alfred, en pleurant ?—Si fait, je
» te reconnais, c'est toi qui as mis le feu
» au bûcher de ma malheureuse mère;
» c'est toi qui allais le mettre au mien.
» Et elle sanglottait. Ne vois-je pas en-
» core tes criminels complices qui dan-
» sent devant moi ?.... Les cannibales!.... Elle appela deux fois Alfred avec
des cris qui lui perçaient le cœur, et elle
se leva avec vivacité comme pour se sauver. Alfred la retint sans peine. L'infortunée ne pouvait pas même se soutenir.
Il la remit à sa place avec les plus dé-
licates attentions.

La fraîcheur de l'eau avait été très-
salutaire à Moïa contre son extrême faiblesse. Alfred pensa avec raison qu'elle

pouvait servir à calmer son égarement ;
il la prit dans ses bras et lui plongea les
pieds dans le ruisseau. Un cri étouffé
annonça une nouvelle révolution : la
langueur prit dans ses yeux la place de
l'égarement, la pâleur reparut sur ses
joues ; elle devint calme sans être aussi
abattue qu'avant d'avoir recouvré la parole. Elle jeta sur Alfred un regard rempli de sensibilité, et elle le reconnut :
« Est-ce toi, Alfred ? lui dit-elle ; et
» elle se laissa aller dans ses bras. Oui,
» ma chère Moïa, oui, c'est moi ; avez-
» vous pu si long-temps me méconnaî-
» tre? Dès que j'ai appris votre dan-
» ger, j'ai volé de suite à votre secours.
» Je suis arrivé pour vous arracher de
» leurs mains meurtrières, au moment
» où ils allaient vous lier au poteau fa-
» tal !..... Ah ! il fallait me laisser mou-
» rir et sauver ma mère. Les sanglots la

» suffoquaient.—Je ne l'ai pas pu ; c'est
» en vain que je me suis précipité sur
» son bûcher, il n'était plus temps !
» J'aurais donné ma vie pour elle comme
» pour vous. J'ai moi-même besoin de
» consolation, Moïa, je souffre autant
» que vous. Je souffre de vos douleurs
» dont le spectacle cruel m'accable et me
» déchire. J'ai été jusqu'à ce moment
» terrible, bien soumis et bien tendre :
» eh bien, je le serai encore davantage,
» nous pleurerons ensemble votre mal-
» heureuse mère ; oui, Alfred la pleu-
» rera avec toi, innocente et infortunée
» victime ! Mes larmes adouciront toute
» l'amertume de celles que tu vas ré-
» pandre. A tous les instans du jour je
» serai près de toi ; va, ne redoute ni
» les horreurs de la solitude, ni les
» tourmens de l'abandon. Je ne cesserai
» jamais d'être ton ami, ton amant, ton

frère. Ne crains ni mes caprices ni
» mes dégoûts ; depuis cet instant que je
» pleure à tes genoux, jusqu'à celui où
» tu recevras mon dernier soupir, tu me
» verras toujours plus prévenant et plus
» sensible, t'accabler de mes caresses,
» sourire à tes plus légers plaisirs, m'af-
» fecter de tes plus petites disgrâces...
» C'est à ce seul prix, ma chère Moïa
» que je te conjure de vivre »! Elle
n'eut pas la force de prononcer un mot ;
elle lui prit les mains, les couvrit de
baisers, les mouilla de ses larmes. Alfred
lui raconta les circonstances de sa délivrance, car elle n'en conservait aucun
souvenir ; la manière dont il l'avait re-
trouvée après l'avoir perdue, et tout ce
qui s'était passé depuis qu'elle avait recouvré la raison. Elle reçut avec un entier abandon les soins affectueux qu'il lui
donnait pour la soulager. Elle était

presque sans vêtement; mais la pudeur
cédait tous ses droits à l'amour le plus
honnête, à l'amitié la plus pure. Elle
aurait rougi de l'état où elle se trouvait
devant tout autre que devant Alfred. Il
lui lava les jambes et les pieds dans le
ruisseau et les lui enveloppa avec de lar-
ges feuilles qu'il avait mouillées dans
l'eau, et lui procura tous les soulage-
mens que lui suggéra sa tendre solli-
citude.

Alfred n'avait pas pris la moindre
nourriture depuis l'instant où il s'était
éloigné de son habitation pour voler au
secours de Méïa. Le salut de sa malheureuse amie l'obligeait cependant à ne pas
se laisser aller dans l'accablement, il se
fit violence pour prendre quelques gros-
siers alimens, afin de réparer ses forces
épuisées. Il les aurait sans contredit re-
jetés avec répugnance, s'il n'eût écouté

que le chagrin qui dominait dans son
cœur. Pour sa chère Moïa, elle était
dans un si grand état de faiblesse et de
souffrance, qu'il pût à peine lui faire
prendre quelques gouttes d'eau. La douleur extrême que lui causaient les blessures qu'elle avait reçues de ses bourreaux
ou qu'elle s'était faites en se sauvant et
en fuyant au travers des bois et des
rochers, était devenue moins cuisante.
Indépendamment des consolations que
lui avaient procuré les secours bienfaisans
d'une main qui lui était si chère, elle
éprouvait un sensible soulagement, depuis que ses plaies avaient été bassinées
et couvertes d'un appareil qui les préser-
vait des piqûres des insectes, et les mettait à l'abri des atteintes d'un air em-
brasé.

Lorsque l'heure du départ fut arrivé,
Alfred disposa son brancard. Moïa ne

voulait pas consentir à ce qu'il l'y plaçât, prétendant qu'il avait déjà essuyé assez de fatigues. Elle voulait qu'il la laissât dans ce lieu, et fût droit à l'habitation de son père, chercher un cheval pour la transporter. Alfred s'y opposa fortement, il la souleva dans ses bras et se mit en route.

Cette partie du trajet fut moins pénible cependant que celle qui l'avait précédée. Moïa était bien faible, mais du moins elle n'était plus mourante : elle payait Alfred par de tendres regards, au lieu de lui offrir l'image du trépas. Il avait pour gages certains du salut de son amie toute la puissance de l'amour, tout l'ascendant de la plus vive reconnaissance. Elle avait consenti à vivre pour recevoir ses consolations ; elle trouvait encore des charmes dans l'existence, puisqu'Alfred lui avait promis de lui con-

sacrer toute la durée de la sienne. Il s'arrêtait pour se reposer bien plus souvent
qu'il ne l'aurait voulu, mais Moïa l'exigeait ; il eût craint, en s'y refusant, de
causer de nouvelles alarmes à son cœur
déjà trop attristé. Elle tenait à la main
le mouchoir d'Alfred, et s'en servait pour
lui essuyer le front, lorsqu'il était inon-
dé de sueur. Elle voulait, mais en vain,
essayer de marcher, mais il ne voulut
pas y consentir. Elle ne pouvait pas se
soutenir, sa faiblesse eût trompé sa volonté. Ce fut en la portant dans ses bras
qu'Alfred traversa une étendue considérable d'un pays hérissé de difficultés. Il
arriva enfin à la vue de son habitation ;
il était presque nuit, ses chiens le précé-
dèrent, et furent annoncer son retour.
Il vit bientôt son père avec Ambroise
venir à sa rencontre. A la vue de ce
groupe intéressant, l'un et l'autre éle-

vèrent leurs mains vers le ciel et fondirent en larmes. Alfred s'avançait toujours chargé de ce précieux fardeau ; son père vint l'aider à le supporter, et ils gagnèrent ainsi la case. Ambroise les suivait et ne prononçait que ces mots entrecoupés par ses pleurs : « O! mon Dieu! » est-il bien possible » ?

Moïa fut sur le champ mise dans un lit. M. de Saint-Marc la serrait dans ses bras et l'arrosait de ses larmes, sans dire un mot. Ambroise de son côté accablait Alfred de caresses.

Alfred ne quitta plus Moïa d'un instant. Elle donna un libre cours à sa douleur pendant les premiers jours qui suivirent la perte cruelle qu'elle venait d'essuyer. Il était doux pour elle de l'épancher auprès de personnes qui la partageaient sincèrement et de tout leur cœur. Ce genre de consolation est plus

efficace que celui des paroles : elle l'é-
prouvait d'une manière bien puissante.
Ses chagrins se calmaient, et les traits
d'un souvenir cuisant s'émoussaient au
sein de l'amitié. Elle n'ignorait pas la fin
déplorable de sa mère ; mais le désordre
de ses sens, dans cet instant désastreux,
l'avait empêché d'en saisir beaucoup des
circonstances les plus cruelles. C'était un
tourment de moins pour sa sensibilité.
Alfred l'entretenait dans cette favorable
ignorance. Ses soins ne furent pas infructueux. Moïa aidait elle-même à ce
succès. Elle avait beaucoup perdu par
la mort de sa mère, mais pas assez cependant pour la porter à renoncer à la
vie ; Elle y était retenue par un lien que
sa douleur, quoique très-vive, n'avait
pas assez de force pour briser : elle servait au contraire à en accroître la puissance.

La terrible catastrophe dont madame
Durand venait d'être la victime, inspira
une juste méfiance à M. de St.-Marc ;
il jugea qu'il serait dangereux de rester
dans un lieu qui était connu des noirs
révoltés, et où l'on pouvait être surpris
à chaque instant. Il prit le parti de se
retirer dans les bois. Il chargea Alfred
d'aller reconnaître une retraite où l'on
fut à l'abri de toute invasion. Il partit
de suite pour s'acquitter de ce soin im-
portant. Lorsqu'il eut pénétré dans la
forêt jusqu'à une certaine distance, il
entendit plusieurs personnes courir avec
une grande précipitation, et vit ses chiens
se retirer vers lui en aboyant. L'épaisseur de la forêt l'empêchant de rien distinguer, il lança ses chiens et se dirigea
rapidement sur leurs traces. Il vit bientôt
trois hommes sans armes, qui fuyaient
d'un air égaré. Il les eut joints en peu

de temps, et crut reconnaître des noirs. Comme ils se jetaient dans le plus épais de la forêt, afin de l'éviter, il les coucha en joue à une très-petite distance, en les menaçant de faire feu s'ils ne s'arrêtaient pas. A ses cris, ils restèrent tous immobiles, saisis d'épouvante. L'un d'eux lui dit, en le reconnaissant pour un blanc :

« Ah ! Monsieur, épargnez-nous, laissez-nous la vie, elle est le seul bien qui nous reste ». Alfred fut surpris d'entendre un langage aussi épuré dans la bouche d'un noir ; mais quel fut son étonnement, quand en approchant de ces trois fugitifs, il reconnut des blancs qui avaient les mains et le visage barbouillés de noir. Il les rassura par des paroles polies, les embrassa tous les trois et les combla de carresses ; il les engagea à lui confier leurs malheurs. Ses manières affectueuses lui avaient gagné leur con-

fiance. Ils lui dirent qu'ils étaient du
quartier de l'Acul, qu'ils s'en étaient
sauvés à travers les plus affreux périls,
et qu'ils se dirigeaient par les bois dans la
partie espagnole pour y mettre leur vie en
sûreté. Deux d'entr'eux étaient frères,
et tous les trois au printemps de leur vie.
Ils s'étaient déguisés pour tromper les
noirs et se dérober à leurs fureurs san-
guinaires. Leurs familles avaient été
massacrées et leurs habitations incen-
diées. Ils entrèrent à cet égard dans les
plus lamentables détails. Ce récit renouvela à Alfred d'une manière bien cruelle
la mort de madame Durand; il leur en fit
part, afin d'établir entr'eux ce rappro-
chement qu'inspire une communauté de
malheurs. Ils acceptèrent avec le plus
grand empressement l'offre qu'il leur fit
de la manière la plus obligeante de venir
se reposer à son habitation. Ils étaient

exténués de fatigues. Depuis quinze jours qu'ils erraient dans les bois, ils n'avaient eu d'autre nourriture que des fruits sauvages, et ils offraient un spectacle digne de pitié.

M. de Saint Marc leur fit l'accueil le plus cordial; il y était excité par le sentiment du respect qui est dû au malheur, et par le sentiment des périls communs. Il leur offrit chez lui un asile qu'ils acceptèrent. Ils convinrent d'unir leurs efforts pour le salut commun. La révolution était complette : ce n'étaient plus les noirs qui parcouraient les montagnes et les bois pour se soustraire à un dur esclavage ; c'étaient les blancs dispersés qui y étaient errans et fugitifs pour éviter une mort cruelle.

Alfred, pénétré de compassion, planta lui-même dans tous les lieux les plus apparens qui environnaient son habitation,

des poteaux à chacun desquels il attacha
un écriteau où tous les blancs fugitifs
étaient invités à se retirer chez son père
dont l'habitation était indiquée. Ce
moyen produisit un effet auquel il était
bien loin de s'attendre. A peine les poteaux furent-ils placés, que l'on vit
arriver une foule de blancs échappés
au massacre. Il en paraissait tous les jours
quelques-uns ; ils étaient désespérés et ils
offraient la cruelle image de la détresse
la plus complette. Ils se croyaient trans-
portés dans un palais enchanté, en arrivant dans cette hospitalière demeure. Ils
y étaient reçus avec une bonté secourable
par M. de Saint-Marc, qui les con-
solait, par Alfred et Moïa, qui cherchaient à les soulager dans leurs souffrances, au milieu d'une foule de compagnons de fortune. Ils étaient presque tous
sans vêtemens. M. de Saint-Marc,

Ambroise et Alfred leur distribuaient
les leurs avec empressement. La sœur la
plus tendre ne leur aurait pas donné des
soins plus affectueux que Moïa. Elle était
au milieu de cette troupe de personnes
malheureuses, comme un ange de consolation. On ne parlait d'elle que pour la
bénir ; il en était de même d'Alfred.
Tous ces infortunés le prenaient pour
leur confident et pour leur consolateur ;
il était le meilleur ami de chacun d'eux.
M. de Saint-Marc recueillait des témoignages de vénération universelle ;
chacun l'honorait et le respectait comme
un père. Il était vêtu de son uniforme
qu'il ne quittait jamais, non plus que sa
croix de Saint-Louis. Il disait qu'il était
exposé chaque jour à combattre et à mourir ; que comme il rentrait dans sa première profession, qu'il devait alors en
reprendre les signes et les décorations.

Les colons réfugiés dans l'habitation, y étaient environ soixante. Alfred les voyant élevés à ce nombre, conçut le noble espoir de pouvoir, avec cette force, repousser toutes les incursions que les noirs pouvaient tenter dans le lieu où ils étaient établis, et s'y maintenir avec avantage. Il était impossible d'arriver à ce but, sans une organisation militaire qui mit à l'abri des surprises et des coups de main. Alfred convoqua les colons dans le dessein de l'établir. Lorsqu'ils furent réunis, il se plaça au milieu d'eux, et leur dit : « Le salut de notre vie nous » assemble ici, elle est menacée, vous » le savez, par de féroces esclaves que » nul frein ne modère, qu'aucune con- » sidération ne retient. Armons-nous » et défendons notre vie. Opposons la » pointe de nos baïonnettes et de nos » épées à ces principes qui ne peuvent

» plus désormais séduire que des scélé-
» rats ou des imbéciles. Combattons,
» et s'il faut mourir, mourons en soldats
» et non en victimes ».

Alfred accepte le commandement qui
lui est déféré unanimement. Il jure,
en posant la main sur son fusil qui est
placé devant lui, d'ê re à jamais fidèle
à sa cause et aux lois de l'honneur. Son
père, et après lui tous les colons, chacun à leur tour, prêtent le même serment et de la même manière. Chacun se
fait une arme de ce qu'il rencontre sous
sa main : l'un prend une massue, l'autre
une hache, celui-ci une épée ou un sabre ;
un petit nombre est armé de fusils. Très-
peu ont eu la précaution ou la faculté de
s'en munir lorsqu'ils se sont soustraits
à leurs bourreaux ; il n'y en a qu'une quin-
zaine. Alfred en fait lui-même la distri-
bution à ceux qu'il juge les manier avec

le plus d'adresse ; il en forme un corps d'élite, à la tête duquel il doit voler dans les lieux où le danger sera le plus imminent. La case de M. de Saint-Marc est le quartier général ; on passe la nuit sous des huttes qui sont construites dans la forêt à une distance peu éloignée. La crainte d'être entourés dans les ténèbres de la nuit, rendit cette précaution nécessaire ; on est à l'abri de toute surprise. Des sentinelles vigilantes veillent constamment sur plusieurs points et sont relevées avec toute la régularité du service militaire.

Une partie du jour est consacrée aux évolutions, ou à faire des détachemens aux environs pour observer s'il ne paraît pas quelqu'ennemi. Alfred est toujours à la tête ; il ne se repose de ce soin sur qui que ce soit, il veut tout voir, tout juger par lui-même. Il a une connais-

sance parfaite du pays, il visite tous les
lieux circonvoisins où il serait possible
de se cacher et de tendre une embuscade.
Il éclaire les bois les plus épais, s'élève
au sommet des plus hautes montagnes,
traverse les gorges et les vallons, en ob-
servant tout avec la plus scrupuleuse attention. Il est responsable de la vie de
ceux qui l'ont placé à leur tête, il est
pénétré de tous les devoirs, de toutes
les obligations que lui impose cette fonc-
tion honorable.

Chaque fois qu'il s'éloigne, Moïa lui
fait de tendres adieux et l'arrose de ses
larmes, et dès qu'il reparaît, elle vole
au-devant de lui, le serre dans ses bras
et le couvre de baisers. Lorsqu'il part
pour quelque découverte, elle le suit de
l'œil aussi loin qu'elle peut l'apercevoir,
et lorsqu'elle ne peut plus le distinguer
au milieu de ses compagnons, elle le

reconnaît encore à son aigrette. S'il arrive suant et haletant, c'est un breuvage
agréable qu'elle lui présente ; mais ces
soins ne sont pas particuliers à Alfred,
ils s'étendent à tous ceux qui ont partagé
ses fatigues. L'amour d'Alfred n'est point
blessé de ces témoignages délicats d'amitié ; il les encourage au contraire ; il ne
peut en être jaloux, parce qu'il est l'ami,
le frère, le compagnon de chacun de ses
soldats. Il est le plus robuste et le plus
infatigable ; tous ensemble s'accordent à
lui rendre cette justice. La douceur et la
noblesse qui sont imprimées sur sa physionomie rendent son commerce aimable
et sans une trop grande familiarité. A
l'ombre d'un bocage, tenant Moïa dans
ses bras, il est tendre comme Abailard ;
revêtu de ses armes, il est aussi fier que
Bayard.

Plusieurs mois partagés entre les soins

de la sûreté commune et des travaux de
la culture, il était essentiel de pourvoir
à la subsistance d'une aussi grande quantité de personnes. Les derniers venus an-
noncèrent que la plaine du Cap n'offrait
plus d'autre image que celle d'un désert
couvert de cendres et de ruines. Les noirs
s'étaient répandus dans les quartiers voi-
sins, où ils poursuivaient leur système
d'assassinats et de destruction. Le Cap
était rempli de blancs qui étaient échappés au carnage, mais qui, à chaque instant craignaient d'en devenir les victimes.
Un grand nombre s'était embarqué avec
tout ce qu'ils avaient pu recueillir de
leur fortune, et étaient passés dans les
États-unis; c'était l'unique moyen d'é-
chapper à la mort et de n'être pas homi-
cidé. Leurs propres enfans, les hommes
de couleur leur plongeaient le poignard
dans le sein. Ils étaient les agens pres-

qu'universels du massacre des blancs ; ils
laissaient à la férocité des noirs les détails horribles de l'exécution, mais ils
les soulevaient, se mettaient à leur tête
pour exciter leur acharnement ; don-
naient une arme à la révolte et à ses plus
grands excès. En un mot, ceux qui auraient dû s'interposer entre les deux es-
pèces pour sauver la plus intéressante,
des poignards et des bûchers, où elle périssait victime d'une race ennemie, ai-
guisaient au contraire le fer assassin, et
attisaient le feu au lieu de l'éteindre.

Pendant que la flamme brillait sur
tous les quartiers de la colonie, Paulin
se faisait, parmi ses semblables, un nom
fameux ; il le devait à sa force prodigieuse, à la brutalité de son caractère,
et à la férocité de ses actions. C'était un
monstre déchaîné qui épuisait la bar-
barie la plus atroce sur tous les colons

qui avaient le malheur de tomber entre
ses mains. Il répondait par d'affreux éclats
de rire aux cris que poussaient ses victimes, au milieu des tortures dans lesquelles elles devaient expirer, et lorsqu'après une longue agonie, la mort
mettait un terme à leurs convulsions, il
essayait, en les tenaillant et en les déchirant en pièces, d'obtenir quelque
signe de souffrance, ou quelque cri de
douleur pour entretenir le sujet de ses
barbares plaisirs.

Il était animé de la haine la plus im-
placable contre Alfred. La férocité et le
ressentiment le plus aveugle, étaient les
deux seules passions qui eussent un empire permanent sur son âme. Les autres
s'évanouissaient à la vue des objets qui
les avait excitées, ou naissaient comme
un besoin qui s'effaçait par la satiété. Il
ne pouvait se rassasier de l'idée de voir

Alfred attaché à un poteau, brûlant à
petit feu, ou percé de mille coups de
poignards ménagés avec un art barbare,
pour éloigner la mort et prolonger ses
souffrances. Il ne pensait pas qu'il dût
lui échapper non plus que son père, et
rempli de l'agréable idée qu'ils étaient
l'un et l'autre à sa discrétion, il resta
long-temps dans la plaine du Cap, il y
trouvait une trop grande moisson de victimes, et y assouvissait avec facilité la
férocité de son instinct, pour aller en des
lieux où il ne trouverait pas les mêmes
avantages.

La plaine était ravagée, et Paulin y
était encore : elle n'offrait plus que l'i-
mage d'un désert. Il résolut d'aller faire
une incursion chez M. de Saint-Marc.
Il usa de l'empire qu'il s'était acquis sur
l'esprit de ses compagnons pour en réunir
une nombreuse troupe, à la tête de la-

quelle il se dirigea vers l'Artibonite par
le Mirebalais. Louis était avec lui, et il
guidait cette horde altérée du sang du
malheureux Alfred. Elle était mal armée :
un très petit nombre avait des fusils,
les autres portaient des épées, des sabres,
et même des massues. Paulin connaissait
la valeur et la force de son redoutable
ennemi ; il ne pouvait employer trop de
précautions pour s'en rendre maître ; et
une troupe, quoique nombreuse, de
noirs, sans discipline et sans courage,
ne le rassurait pas entièrement contre
l'audace d'un jeune blanc qui ne craignait
aucun danger. Son dessein n'était pas de
l'attaquer de vive force, mais de s'em-
busquer pendant le jour, à très-peu de
distance de l'habitation, afin de chercher à le surprendre, ou s'il ne paraissait
pas, d'aller pendant la nuit entourer sa
case, d'y mettre le feu, et de le saisir

lorsqu'il chercherait à s'échapper au travers les flammes.

Paulin avait son arme ordinaire, une
énorme massue; mais indépendamment de
cette arme, il portait un fusil; il était réel-
lement dangereux : cependant il craignait
Alfred, mais il ne redoutait que lui dans
le monde. Il arrive après une longue marche au lieu qu'il avait choisi pour l'embuscade ; il avait espéré y être rendu de
nuit, et pouvoir aussitôt marcher vers
la case, mais le jour parut lorsqu'il n'en
était qu'à très-peu de distance. Il disposa
sa troupe dans les bois, et attendit son
ennemi avec une grande impatience.

Le hasard permit que ce même jour,
et de grand matin, deux colons de la
troupe d'Alfred fussent se promener dans
les environs. Ils avaient leurs armes. Ils
s'écartèrent assez pour arriver jusques
vers le lieu où Paulin était retranché ; ils

allaient donner directement au milieu
de sa troupe, quand ils aperçurent quelques noirs courir précipitamment au travers des bois. La vue des blancs les avait
effrayés, et ils allaient rejoindre leurs
compagnons dont ils s'étaient séparés
pendant quelque temps. Les colons épouvantés de la vue de plusieurs noirs armés,
à une distance aussi rapprochée de leur
camp, revinrent aussitôt sur leurs pas,
et furent raconter à Alfred ce qu'ils
avaient vu. Celui-ci, sans se laisser in-
timider par ce récit, fit tous les apprêts
nécessaires pour une résistance vigou-
reuse; il réunit sa troupe et la rangea en
bataille au-dessus de sa case, contre la
lisière du bois. Ce lieu était opposé à
celui par où les noirs devaient paraître
et attaquer. Les assaillans étaient obligés
de descendre alors dans le vallon et de

traverser même le ruisseau, ce qui donnait aux colons un grand avantage.

Lorsqu'il eut fait tous les préparatifs nécessaires pour la défense, il voulut obliger Moïa à s'éloigner du théâtre du combat et à se retirer dans la forêt ; elle ne voulut jamais y consentir, et lui dit qu'elle ne pouvait être tranquille qu'en partageant ses périls. Il la serra dans ses bras et la quitta pour aller embrasser son père qui se trouvait à l'aile opposée. M. de S.-Marc avait l'épée à la main, et animait les colons à combattre avec courage. A la vue de son fils, il baissa son épée: « Je vous salue comme mon géné-
» ral, lui dit-il, et ouvrant ses bras, il
» ajouta de l'accent le plus tendre : adieu,
» Alfred, adieu, mon cher enfant. Nous
» allons peut-être nous séparer pour
» toujours, reçois ma bénédiction ; c'est
» le meilleur des pères qui la donne au

plus vertueux des fils. » Alfred était ému. Quels efforts il allait faire pour sauver des personnes aussi chères ! avec quelle valeur il allait défendre leur vie menacée ! Il prit avec lui un détachement de colons armés de fusils pour aller à la découverte , et donna ordre au reste de la troupe de ne pas s'ébranler sans ordre. Elle était en bataille sur la lisière du bois ; il la fit rétrograder de quelques pas , afin qu'elle ne pût être aperçue.

Il eut bientôt franchi le morne opposé et pénètre dans la forêt où il fouilla avec précaution. Il s'est dirigé vers l'embuscade de Paulin. Celui-ci croit déjà tenir sa victime lorsqu'il voit Alfred s'avancer. Les noirs ne bougent pas sans l'ordre de leurs chefs. Ils sont couchés sur le ventre par terre , et attendent le signal pour fondre sur cette poignée de blancs. Paulin voudrait le laisser s'engager , mais

Alfred se tient sur ses gardes; il a dé-
couvert l'ennemi; un instant plus tard
il donnait dans le piége. Il jugea que sa
faiblesse ne lui permettait pas d'attaquer, et sans affecter le moindre étonnement, il ordonna à ses soldats de se retirer au petit pas, et prêts à faire feu;
ils ont fait de même; mais il marche
le premier. Dès que Paulin le voit s'é-
loigner, il lui ajuste un coup de fusil
et le manque. Sa troupe fait une décharge générale; aucun des colons n'est
atteint. Alfred leur ordonne de ménager
leur feu et de ne tirer qu'à coup sûr.
A peine Paulin a-t-il eu déchargé son
fusil, qu'il a pris sa terrible massue et
s'est ébranlé avec tous les siens pour fondre sur ce petit nombre d'ennemis. Il se
jette du côté opposé à celui où se trouve
Alfred, il connaît son adresse, et sait
que s'il en était aperçu, il serait aussitôt

atteint d'un coup mortel. Il cherche à l'entourer avec sa troupe, mais les coups de feu tiennent les noirs éloignés. Alfred ne tire jamais en vain. Chacun de ses coups donne la mort à un de ses ennemis. Il reconnaît au milieu d'eux le traître Louis; il le met en joue, le coup part, et Louis n'est plus.

Au bruit des coups de fusil qui retentissaient dans les bois, les colons embusqués furent convaincus que l'apparition des noirs n'était pas une chimère. La fusillade se rapprochant de leur côté, ils jugèrent que le bataillon se repliait. Ils virent bientôt paraître sur le sommet du morne qu'ils avaient en face, une quantité considérable de noirs qui voltigeaient et cherchaient à entourer Alfred, qui, par une contenance fière, faisait feu à leur centre, et empêchait leurs ailes de se replier sur ses flancs, quoiqu'ils fus-

sent débordés de beaucoup. Ils restèrent
immobiles, suivant l'ordre qu'ils en
avaient reçu. Les noirs ne pouvant les
apercevoir, avançaient toujours contre
Alfred, qui se retirait au petit pas,
mais ils n'osaient l'approcher, ni lui,
ni ses soldats ; ils étaient retenus par l'i-
mage de la mort qui s'offrait à eux. Le
pillage de l'habitation était le seul motif
qui soutint leur courage chancelant. Déjà
ils étaient parvenus jusqu'au ruisseau.
Alfred remontait vers sa case. Les noirs
ayant reconnu le danger de ses coups, se
tenaient hors de sa portée ; ils auraient
bien voulu pouvoir se défaire de lui.
Aux cris des noirs, Alfred opposait le
plus profond silence, du sang froid et
des coups de fusil. Ils arrivèrent ainsi
jusqu'au bois où leur troupe était embus-
quée, et se réunirent à elle. Les noirs
se croyaient maîtres de la case ; ils se

précipitaient pour la piller et pour la
détruire. Dans ce moment les colons sor-
tent du bois et fondent sur eux ; ils pren-
nent la fuite épouvantés et dans le plus
grand désordre. Ils sont serrés de si près
qu'ils sont obligés de défendre leur vie.
Ils se battent corps à corps. Alfred abandonne son fusil, et se jette au milieu de
la mêlée, armé de sa massue. Il y fait
d'horribles ravages, et massacre tout ce
qui s'offre à ses coups. Paulin le suit et l'é-
vite ; il s'y jette du côté où les efforts des
colons viennent échouer contre sa force
indomptable. Monsieur de Saint-Marc,
qui n'a pu suivre la course impétueuse
des colons, arrive bientôt sur le sanglant
théâtre où son esclave déployait son audace et sa fureur. Plusieurs colons étaient
déjà tombés sous ses coups. Monsieur de
Saint-Marc marche contre se redoutable
ennemi ; il le reconnaît bientôt, et trans-

porté d'indignation, il se jette sur lui
l'épée à la main, sa faiblesse trompe ses
efforts. D'un coup de sa massue Paulin
lui fait voler son épée de la main, et
d'un second coup plus terrible, qu'il
lui porte sur la tête, il lui fracasse la
cervelle et le jette sans vie à ses pieds....
Les colons, témoins de ce triste spectacle, poussent un cri de douleur, et fondent sur Paulin à la fois. Lui-même
épouvanté de son crime, et redoutant le
courroux d'Alfred, cherche son salut
dans la fuite, toute sa troupe le suit
et abandonne le champ de bataille aux
colons.

Moïa, qui suivait monsieur de Saint-
Marc, l'a vu tomber. L'horreur la met
hors d'elle-même. Que va devenir Alfred?
Dieux! qu'elle catastrophe! Comment
lui dérober cette funeste connaissance?
Il a entendu des cris sinistres ; ses enne-

mais fuyent dispersés, les colons le poursuivent et en font un affreux carnage.
Il leur abandonne des triomphes faciles,
et revient vers le lieu où combattait Paulin pour y chercher son père. Moïa le voit
qui s'avance, il va découvrir le cadavre
sanglant de celui qu'il croit bientôt embrasser ; elle se précipite au-devant de
lui pour l'arrêter. « Où vas-tu ? mal-
» heureux, lui dit-elle, suis-moi. »
Alfred interdit, lui demande des nouvelles de son père : « Suis-moi, te dis-je,
» n'avance pas »—Mais, que veux tu
me dire Moïa? «Pourquoi veux tu m'em-
» pêcher d'aller embrasser mon père »?
Il veut passer outre. Moïa se jette à ses
genoux, les embrasse en pleurant puis
se relève tout-à-coup, le prend vivement
par la main, en lui disant d'un ton tout-à-
la fois de douleur et de tendresse : « viens,
» viens te dis-je ». A la révolution sinistre

qui s'opère sur sa physionomie, elle s'ap-
perçoit qu'il pénètre son malheur, elle
la prend dans ses bras.— « Achève de
m'instruire, lui dit Alfred égaré—Moïa
n'a plus que toi dans le monde, il ne te
reste plus qu'elle; pleure Alfred! » C'était
lui en dire assez, il la comprit, il perdit
aussitôt connaissance. On le transporta à
la case, où Moïa lui donna les soins les plus
empressés. Il resta évanoui pendant deux
heures; il ne recouvra la sensibilité que
pour subir les plus cruelles épreuves
d'une douleur mortelle. Il ne voyait,
n'entendait, n'écoutait rien. On l'avait
placé sur un lit où il était étendu immobile; quelquefois des soupirs étouffés
s'échappaient de sa poitrine. Alors Moïa,
croyant qu'il allait exaler son désespoir
par des plaintes, s'approchait de lui et
attendait en silence. Voyant son attente
trompée, elle lui prenait les mains; il

les laissait aller avec un entier abandon.
Elles étaient brûlantes, et leur immobilité, lui décélait le profond accablement
du malheureux Alfred. Elle passa auprès
de lui tout le reste du jour et la nuit
entière. Elle ne cherchait pas à le dis-
traire de sa douleur, elle savait que la
nature parlerait plus haut que son amour,
elle s'en remit à sa puissance, aidée du
tems, pour calmer les traits les plus cuisans des regrets qui étaient son ouvrage.
Il eut été dangereux d'en accroître la
violence, en voulant les réprimer; il
fallait au contraire les aider à s'échapper et leur frayer un passage. Moïa reconnut la nécessité de faire usage des
remèdes les plus prudens et les plus
doux, elle sentait l'énormité de la perte
qu'il venait d'essuyer, et elle était déchi-
rée elle-même : elle ne voulut pas, par
des consolations importunes, compro-

TOME II.   12

mettre son tendre ascendant sur le cœur d'Alfred.

Ambroise s'était en vain jeté entre Paulin et M. de St.-Marc, lorsqu'il avait vu la massue du noir levée sur la tête de son malheureux ami : il était arrivé pour être témoin de sa fin tragique. N'ayant pu le sauver, il voulut du moins être son vengeur, mais il ne put atteindre Paulin qui fuyait à pas précipités. Il revint alors auprès du cadavre de cette auguste victime, le souleva dans ses bras, le serra étroitement contre son sein, sans proférer une parole ni verser une larme. Il ne l'aurait pas quitté ; on fut obligé de le lui arracher pour transporter à la case ses restes inanimés. Ambroise les suivit en chancelant, la tête baissée et les bras croisés sur sa poitrine. Il passa la nuit à côté d'eux, ne cessant de les contempler et de repaître ses yeux de

cette funeste image. Il fut impossible de
l'en éloigner. Il serait mort de douleur
si on lui eut fait cette violence.

Le lendemain de ce funeste jour, on
procéda aux funérailles des colons qui
avaient péri dans le combat. Alfred était
hors d'état d'en ordonner la pompe. Les
détails de cette cérémonie lugubre furent
remis au colon qui, après lui, occupait
le grade le plus élevé. L'inhumation eut
lieu au soleil levant. Celle de M. de St.-
Marc fut différée jusqu'au milieu du
jour, afin qu'Alfred pût recueillir toutes
ses forces et tout son courage pour en être
le témoin, et remplir ce dernier devoir.
On lui fit un cercueil d'acajou. Ambroise
ne voulut céder à personne le droit de le
déposer dans sa dernière demeure. On le
voyait prêt de s'évanouir; sa douleur
avait un caractère sinistre qui effraya
tous ceux qui en furent les témoins; les

colons rangés autour de lui étaient spectateurs de son triste office, et fondaient
tous en larmes. Il refusa l'assistance que
plusieurs d'entr'eux lui offrirent, et il
remplit seul, dans toute son étendue,
la tâche que lui imposait l'amitié. Avant
de la consommer, avant de fermer pour
toujours l'accès de la lumière sur ces
tristes restes, il coupa ses cheveux blancs,
et les plaça sur le front brisé de son maître et de son ami, saisit une de ses mains
glacées, la porta avec transport sur ses
lèvres, et après l'avoir pressée quelques
instans, il l'abandonna d'un air désespéré qui effraya tous les spectateurs. Il
ne s'éloigna pas du cercueil un seul instant, et refusa de prendre le moindre
aliment, depuis le moment de sa mort
jusqu'à sa sépulture.

Cette heure fut annoncée par un roule-
ment du tambourin ; alors toute la

troupe se réunit pour former le convoi
funèbre. On fit prévenir Moïa, pour
qu'elle conduisît le malheureux Alfred.
Elle eut besoin de toute sa force et de
toute sa fermeté pour lui dire : « Allons,
» Alfred, lève-toi, il te reste un der-
» nier devoir à remplir ». Il se lève sur
le champ, et il laisse échapper un cri de
douleur... Il marche vers le cortège, qui
se met aussitôt en marche. A la tête paraissait Antonio avec son tambourin re-
couvert d'un crêpe. Les soldats formés
sur deux rangs, s'avançaient après lui.
Ils portaient les armes baissés. Le cercueil de M. de S.-Marc était placé au
milieu de la troupe, porté par les quatre colons les plus âgés ; ils avaient la
tête découverte et les cheveux épars ;
deux épées étaient placées en sautoir sur
le drap mortuaire qui le recouvrait. Ambroise marchait derrière le cercueil, il

le supportait avec les deux mains. On le
voyait chanceler à chaque pas ; Alfred le
suivait, il était mourant. Il était soutenu par Moïa, ses genoux tremblans
menaçaient de se dérober sous lui. Un
prêtre prononçait à haute voix les paroles
sacrées, elles étaient souvent étouffées
par les sanglots et les gémissemens qui
s'échappaient de tous côtés. Alfred et
Ambroise étaient les seuls qui ne répan-
dissent pas de larmes. Il n'était personne
qui ne redoutât pour eux l'issue de cette
scène lugubre. Quand le convoi fut arrivé au lieu destiné à l'inhumation, les
colons défilèrent devant le cercueil, en
y jettant des poignées de fleurs ; il fut
ensuite placé dans la fosse préparée
pour le recevoir. Alors Ambroise pousse
un cri déchirant, il se précipite aux genoux d'Alfred qui tombe sans connaissance ; il le prend dans ses bras, le presse

étroitement contre son sein, le couvre
de ses baisers, le rend à Moïa qui, ten-
dant les siens, semble le réclamer. D'une
voix presqu'éteinte, il s'écrie : « Au
» moins, Mademoiselle, veuillez ne
» l'abandonner jamais ! Adieu pour tou-
» jours ». Il se jette dans la fosse où est
le cercueil, saisit un pistolet caché sous
ses habits et se brûle la cervelle. Les
deux amis n'eurent qu'un tombeau.

Ainsi l'amitié eut son triomphe, et
l'amour obtint le sien. Alfred vécut pour
Moïa, il vécut par ses soins. Elle fut at-
térée par cette dernière catastrophe ;
mais elle eut le soin de conserver des
forces pour empêcher son ami de mourir.
Il fut transporté presque mourant dans la
case, et ne reprit ses sens que pour souffrir. Il était accablé sous le poids de sa
douleur, il n'en perdait le sentiment ni
la nuit ni le jour. Il semblait qu'il eut

perdu la raison, il poussait des soupirs
sans verser une larme ni proférer une
parole. Il était muet. Il négligeait le
soin de sa vie, elle y veillait à sa place.
Elle l'accablait de ses soins, et elle cherchait par des moyens enchanteurs, à ranimer dans son cœur le sentiment de la
tendresse, et à y faire éclore celui de la
reconnaissance, pour y combattre et y
surmonter enfin celui d'une douleur qui
chaque jour devait naturellement perdre
de sa puissance.

Alfred n'avait pas la force de sortir de
son lit; s'il prenait quelque nourriture,
c'est que Moïa l'y forçait. Il ne paraissait
sensible ni aux caresses de son amie ni
à ses attentions; il fut long-temps sans
lui adresser la parole, mais il lui témoi-
gnait sa reconnaissance par des signes
qui allaient jusqu'au cœur de Moïa. Elle
reconnut avec un plaisir touchant qu'elle

disputait au cœur d'Alfred l'empire de la douleur, et attendit, en remplissant tous les devoirs que lui imposaient sa tendresse et sa reconnaissance, l'instant heureux où elle pourrait encore y régner sans partage. L'amour y faisait pourtant des progrès bien lents sur les regrets. Il n'avait pas répandu une larme depuis dix jours, après la perte qu'il avait essuyée ; il n'avait non plus articulé une seule parole. Moïa redoutait les suites de cet état funeste : à peine osait-elle lui faire quelques questions auxquelles elle n'obtenait aucune réponse. Elle attendait que quelque circonstance favorable lui permît de tenter ce moyen de consolation.

Elle crut avoir rencontré cet instant favorable, un jour qu'assise à côté de son lit, et tenant dnas sa main celle de son ami, leurs yeux se rencontrèrent. Alfred

la fixa long-tems , il poussa un soupir
profond ; elle sentit ses mains pressées
par celles qu'elle tenait ; alors elle lui
parla ainsi : « Ton état est bien cruel,
» Alfred ; tu souffres des douleurs bien
» cuisantes ; j'ai fait ce que j'ai pu pour
» les alléger, mais je m'aperçois que je
» ne suis point assez puissante dans ton
» cœur pour y effacer l'empire du re-
» gret. Je ne prétends pas que tu doives
» oublier ton respectable père : tous les
» jours de ma vie, je serai empressée à
» t'en rappeler le souvenir, je le pleu-
» rerai avec toi. Nous y joindrons la mé-
» moire de ma mère infortunée , dont le
» sort a été encore plus déplorable. Mais
» si la mort nous a enlevé deux personnes
» aussi chères, est-ce une raison qui
» doive altérer la force de cette union
» qui nous fit goûter tant de charmes
» avant nos malheurs ?... L'état où je te

» vois me fait craindre qu'à chaque ins-
» tant la mort vienne la briser. Pourquoi
» t'abandonner sans mesure à un senti-
» ment pénible qui ne peut te faire re-
» couvrer ce que tu regrettes vivement;
» et qui n'est propre qu'à empoisonner
» ton existence? Tu souffres, et il est
» naturel que tu sois accablé; mais ta
» raison doit t'indiquer les moyens d'a-
» paiser tes douleurs, si toutefois ton
» amour pour moi ne t'en inspire pas
» qui soient efficaces. Ton premier devoir
» est de remplir ta destinée sur la terre;
» travailles donc à la remplir, et l'objet
» de ta douleur deviendra chaque jour
» bien moins cuisant, parce que ton es-
» prit ne sera pas uniquement absorbé
» par lui seul. » A cette douce idée, il
se fit une révolution chez Alfred; ses
yeux, auparavant secs et éteints, se rem-
plirent de larmes qui coulèrent en abon-

dance. Moïa, charmée de l'effet de ses
paroles, se leva, passa ses bras autour
d'Alfred, dont la tête était appuyée sur
son sein, et elle poursuivit ainsi : « Pleure,
» pleure, Alfred, ton respectable et mal-
» heureux père mérite bien le tribut de
» tes larmes ; jamais il n'en fut un meil-
» leur, jamais il n'y eut un homme aussi
» vertueux, un ami plus fidèle. Tu as
» fait la plus grande des pertes, mais
» songes que tu devais l'essuyer un jour.
» Tu es bien jeune, mon ami, tu es à
» l'aurore de ta vie et à l'enfance des
» plaisirs de ton cœur. Il en est un
» que tu ignores et auquel tu n'as pas
» encore songé. Alfred, tout se suc-
» cède, tout meurt et tout renaît. Le
» cœur peut perdre beaucoup dans ces
» révolutions, mais dans ces révolu-
» tions aussi, il répare ses ravages.
» Tu sais que la sagesse parlait par la

» bouche de ton vertueux père, rappelle-
» toi ses paroles, ce jour où il te fit con-
» naître ses dernières volontés ; il te dit ,
» si je m'en souviens, de t'unir à moi ;
» il te conjura de ne pas m'abandonner.
» Ne trompe pas l'espoir de ton père,
» ne me laisse pas seule sur cette terre
» que je n'ai consenti à habiter dans mes
» douleurs que pour être à toi. Parle,
» Alfred, dispose de moi, fais-moi con-
» naître tes volontés ; et à l'instant tu
» me verras devenir ta souveraine ou
» ton esclave, ta femme ou ta maitresse.
» Je t'offre tout ce que je crois pouvoir
» adoucir tes chagrins ; ma raison , mon
» amour, mon cœur, ma personne, tout
» mon être enfin, disposes en selon ta
» volonté. Dès ce moment, je te fais
» l'arbitre de mon sort ; je le remets, sans
» restriction , entre tes mains, comme
» un triple gage de mon estime, de mon
» amitié et de mon amour. »

Ces dernières paroles pénétrèrent dans le cœur d'Alfred et calmèrent ses souffrances ; la voix de sa chère Moïa charma ses ennuis cuisans. L'impression qu'elle venait de lui faire éprouver, lui apprit qu'elle continuait à régner sur lui en souveraine. Il lui demanda des nouvelles d'Ambroise ; elle lui avait persuadé jusqu'alors qu'il était malade de chagrin. Elle saisit ce moment pour lui apprendre sa fin tragique. Alfred donna des regrets bien sincères au généreux ami de son père qui n'avait pas pu se résoudre à lui survivre. Il promit sa foi à Moïa, et lui renouvella d'une voix épuisé le serment de l'aimer jusqu'à son dernier soupire. La mélancolie qu'inspire le malheur ne l'abandonna pas, mais il secoua insensiblement cette douleur meurtrière et sombre, qui semblait devoir précipiter la fin de ses jours. Tous les colons le re-

virent avec le sentiment de la plus vive
allégresse. Ils sentaient que leur conservation était liée à la sienne, et qu'ils ne
trouveraient jamais, pour être à leur
tête, un chef plus intrépide, plus redoutable à ses ennemis et plus aimable pour
ses compagnons.

Le premier soin d'Alfred, quand il put
sortir, fut de se rendre sur le tombeau
de son père et de son ami. Moïa, qui l'ob-
servait sans cesse, devina son dessein,
et elle l'y accompagna. Dès qu'il y
fut arrivé, il se prosterna, il baisa la
terre qui renfermait ces restes précieux.
Ce ne fut pas sans répandre beaucoup de
larmes qu'il accomplit le devoir d'un fils
et d'un ami reconnaissant. Après quelques instans de silence, Moïa, qui était
à genoux derrière lui, entendit ces paroles: « O mon père! la mort a bien
» pu me séparer de toi, mais il n'est pas

» en sa puissance d'effacer ton image.
» J'aurais bien desiré te suivre comme
» le fidèle ami qui repose près de toi,
» mais je suis retenu à la terre par un
» lien que je n'ai pas eu la force de bri-
» ser. Une femme a eu sur moi plus d'em-
» pire que la douleur ; j'ai cédé à l'a-
» mour, j'ai cédé à la reconnaissance ;
» je ne l'ai cependant pas préférée, mais
» je me suis abandonné à sa tendresse,
» et sa tendresse m'a soustrait à la mort.
» Je jure sur ta cendre de garantir son
» honneur et sa vertu, en me déclarant
» son époux au pied des autels. » Moïa
dans cet instant, se leva, s'approcha de
lui : elle saisit sa main qu'il étendait sur
le tombeau de son père, comme pour
garantir sa promesse, et la porta contre
ses lèvres. Alfred la pressa dans ses bras,
et après avoir confondu leurs larmes, ils
reprirent le chemin de la case.

Chaque jour ils venaient l'un et l'autre, au lever du soleil, rendre un cher et respectueux hommage à la cendre des deux fidèles amis qui étaient réunis dans le même tombeau. Ce devoir était bien doux quoiqu'il dût rappeler un souvenir cruel. Alfred couvrit la tombe d'une grosse pierre sur laquelle il grava cette épitaphe : *Deux inséparables amis reposent sous cette pierre : l'un a été massacré par les noirs, l'autre n'a pu se résoudre à lui survivre. Alfred de Saint-Marc a élevé ce monument à la mémoire de son père et à celle de son ami. Janvier* 1792. Il entoura de gazon la base de ce mausolée filial, et il planta à l'entour de jeunes acacias pour le défendre par leur ombrage.

Il venait de remplir le devoir d'un bon fils, il songea à s'acquitter de ceux que lui imposaient et son amour pour

Moïa et la sûreté des colons remise à ses
soins ; sa douleur avait changé de caractère : elle était douce, et n'altérait ni
les facultés de son jugement, ni les opé-
rations de son esprit. Moïa lui apprit,
touchant la mort de son père, des circonstances qui lui firent répandre beaucoup
de larmes. Elle lui nomma le meurtrier.
Au nom de Paulin, il frémit d'horreur :
il ne l'aurait pas soupçonné capable d'un
tel forfait.

Quelque soif qu'eut Alfred d'une vengeance bien légitime, il fut assez prudent
pour ne pas commettre à la fureur de ce
barbare la sûreté de ses soldats, de Moïa
et de la sienne : son projet était de prévenir de nouveaux malheurs plutôt que
d'en provoquer dans les hasards d'un combat. Sa position était trop critique pour
qu'il dût se livrer, sans mesure, aux
attaques et aux incursions de ses féroces

ennemis. Il ne pouvait douter de leur acharnement à le poursuivre, il résolut de leur dérober la connaissance de sa retraite. Dans ce dessein, il abandonna pour toujours l'habitation de son père, et transporta son camp aux pieds d'une montagne située dans les bois. Ce lieu, quoique peu éloigné de celui qu'il quittait, était d'un accès difficile; il était environné de rochers, parmi lesquels étaient plusieurs grottes qui pouvaient leur offrir un abri commun. On y construisit quelques huttes, et on y éleva une tente pour Moïa et Alfred. Il organisa une surveillance exacte dans son nouvel établissement; des sentinelles furent placées dans tous les lieux de l'accès le plus facile. Ses soldats n'avaient jamais négligé les évolutions militaires, et ils manœuvraient avec une précision qui fortifiait toutes les espérances de salut.

Alfred songea alors à accomplir son union avec Moïa. Il pouvait, sans blesser la décence, lui offrir sa main et son cœur, malgré que la mort de son père fût assez récente. Tous les colons étaient impatiens de voir arriver le jour où devait se célébrer, en leur présence, l'union de deux personnes qui leur étaient chères à tant de titres. Les apprêts furent bientôt terminés. Ils continuaient à se rendre tous les jours sur la tombe de M. de Saint-Marc. La veille du jour où leur union devait se célébrer, ils y allèrent comme de coutume. La direction de leur chemin les conduisit du côté de la case, ils furent cruellement surpris en y arrivant, d'apercevoir à sa place un monceau de cendres encore fumantes. Ils s'arrêtèrent immobiles et glacés d'effroi et de terreur. Moïa épouvantée, voulait prendre la fuite, mais Alfred voulut chercher

à démêler la cause d'un événement aussi
sinistre. Elle le suivit, lorsqu'elle le vit
s'approcher du théâtre de l'incendie ; elle
voulut partager son sort. Alfred ne pouvait méconnaître la main qui avait allumé
le feu ; c'était celle des noirs, il lui restait à connaître si c'était Paulin qui serait venu à dessein, ou tout autre que
le hasard aurait guidé vers ces lieux. Il
s'éloigna pénétré d'une vive douleur. De
retour à son camp, il annonça cette
cruelle nouvelle. Aussitôt on courut aux
armes. Tous les colons étaient animés du
plus ardent courage. Il n'en était aucun
qui ne fût disposé à vendre chèrement sa
vie ; elle était le seul bien qu'ils eussent
à perdre. Il laissa une partie de ses soldats à la garde du camp, et il alla à la
découverte avec le reste. Moïa voulait le
suivre, mais la prudence l'emporta cette
fois sur la tendresse ; il la confia aux

colons qu'il laissa avec elle, et s'éloigna avec le reste.

Il fit une recherche exacte dans tous les lieux les plus secrets des montagnes et des bois qui entouraient son ancienne et sa nouvelle demeure ; éclaira la même partie où Paulin s'était embusqué lors de sa première incursion, posta des gardes sur les hauteurs, pour observer dans le lointain ; s'embusqua lui - même pour chercher à tromper les noirs, mais il ne put en découvrir aucun. Il n'entendit aucun cri, nul bruit ne put lui faire soupçonner la présence du moindre ennemi.

Le soleil éclaira enfin le jour où l'union d'Alfred et de Moïa devait s'accomplir avec solennité : il commença comme un jour de bataille. Toute la pompe militaire de la troupe d'Alfred concourut à en embellir l'aurore. Dès qu'elle vint dissiper l'obscurité des cieux, le bruit

du tambourin se fit entendre dans toutes
les parties du camp, et réveilla les colons endormis. Ils sortirent alors de leurs
cases et de leurs cavernes, munis de leurs
armes, et furent se ranger autour de la
tente de leur chef; Alfred vint les passer
en revue. Peu de tems après, Moïa parut;
les rangs s'ouvrirent pour la laisser s'in-
troduire jusqu'auprès d'Alfred, ensuite
ils se refermèrent. Un murmure confus
annonça le plaisir que causait sa présence ; elle parut satisfaite, et elle l'était
véritablement. Elle allait être proclamée
l'épouse d'Alfred, elle trouvait ce titre
assez beau pour flatter son ambition.
Placée au milieu de cette troupe, elle
ressemblait à une reine entourée de son
peuple ; elle en avait la dignité, et cet
air de grandeur était tempéré par les
grâces les plus douces. Elle possédait les
qualités les plus aimables de son sexe,

et elles n'étaient altérées par aucun de
ces défauts qui l'abâtardissent trop souvent. Si elle jetait un regard sur Alfred,
elle paraissait émue par une idée pénible ; dont l'unique cause était une
perspective sinistre. Sa physionomie,
toujours pleine d'expression, l'était encore plus depuis qu'elle était dominée
par la mélancolie. La bonté perçait à
travers les nuages de la douleur : ce
charme brillait parmi ceux dont elle était
embellie.

Un quartier de rocher servit d'autel.
Il s'élevait à hauteur d'appui, au milieu
d'une belle clairière, sa forme était celle
d'un piédestal. Il avait été orné par les
colons; sa décoration était aussi simple
et aussi pure que son objet. Il était couvert par un large tapis de mousse d'un
verd sombre. Lorsque l'heure de la célé-
bration fut venue, les colons défilèrent

sous les armes, au son du tambourin, et l'environnèrent. Alfred et Moïa se placèrent en face; ils étaient vêtus en blanc l'un et l'autre. Alfred donnait une main à sa chère Moïa, de l'autre il tenait son chapeau, auquel était attaché un superbe panache. A l'une de ses épaules pendait un fusil, l'autre soutenait sa massue, qui était attachée en écharpe. Un poignard était attaché à sa ceinture. Moïa n'avait point d'autre ornement que sa beauté.

Ils se mirent à genoux, lorsqu'ils virent le prêtre s'acheminer vers l'autel pour remplir son ministère; il fut écouté avec le plus grand recueillement. Il s'avança vers Alfred et Moïa pour leur demander et recevoir leurs sermens. Alfred prononça le sien à haute voix, avec tout le transport que lui inspire son tendre attachement pour Moïa. Elle ouvrait la

bouche pour lui promettre de nouveau
une fidélité éternelle ; mais sa voix fut
étouffée par mille cris de fureur qui ré-
pondirent spontanément dans toutes les
parties de la forêt, le déchaînement du
plus violent ouragan n'y avait jamais
produit un tumulte aussi effroyable. Le
bruit d'une mousqueterie meurtrière y
mêle toutes ses horreurs. C'est Paulin
qui est revenu de la plaine avec de nouvelles forces. Moïa laisse retomber la
main qu'elle avait élevée, et elle pâlit ;
le prêtre épouvanté, se réfugie derrière
l'autel. Alfred se relève, saisit son fusil,
les colons, étonnés et hors d'eux-mêmes,
disposent au combat : ils ont les yeux
fixés sur leur chef, et attendent ses ordres.
Il fait un mouvement pour aller se placer
à leur tête. Moïa le saisit alors par une
main, et lui adresse ces paroles : « Le
ciel rejette mes vœux, Alfred, tu en-

» tends nôtre chant de mort ! je ne te
» recommande qu'une chose ; fais-la
» payer chèrement à nos cruels bour-
» reaux. Va combattre et faire de nou-
» veau éprouver à ces barbares ta valeur
» qui était digne d'un autre prix. » Elle
le serra dans ses bras, et marcha sur ses
traces.

Les colons furent étonnés, mais non
effrayés par cette attaque imprévue. Alfred fut se placer à leur tête, et leur
inspira son courage. Jamais il n'avait été
animé d'une ardeur pareille. Il brûlait
de venger son père, madame Durand et
Moïa. Les monstres ! ils venaient pour la
lui ravir ! leurs cris avaient étouffé sa
voix, et dans quel moment ? lorsqu'elle
lui jurait de l'aimer ! Ces idées, réunies
dans son esprit, le transportaient de
fureur.

Le combat s'engagea avec acharne-

ment. Les noirs étaient engagés par la
supériorité du nombre, les colons, par
tout ce qui peut encourager un cœur qui
n'est pas flétri par l'insensibilité. Le feu
des blancs était plus nourri et mieux
ménagé que celui de leurs adversaires;
ceux-ci, après leur première décharge,
s'étaient mis à couvert derrière des troncs
d'arbres ; ils cherchaient plutôt à éviter
des coups qu'à en donner. La grande
partie n'avait pas d'armes à feu. Ceux-
là tentèrent plusieurs fois de tomber sur
les derrières des colons ; mais dès que
ceux-ci les voyaient approcher, ils se
rangeaient en bataille, croisaient leurs
baïonnettes, et marchaient à la rencontre des assaillans, qui s'enfonçaient aussitôt dans la forêt. La difficulté de les
atteindre dans l'épaisseur des bois, et la
crainte de s'y engager, faisait durer le
combat sans nul avantage sensible pour

aucun des deux partis. Alfred, voulant
ménager le sang de ses soldats, dont
plusieurs avaient déjà succombé, ordonna
à ses fusilliers de soutenir le combat sur
le bord de la clairière, et de ne s'ébranler
pour charger que lorsqu'ils verraient les
noirs prendre la fuite; il se mit à la tête
de l'autre partie, et il s'enfonça dans la
forêt. Il fit un détour pour dérober son
mouvement à ses ennemis, et lorsqu'ils
le croyaient péniblement occupé en leur
présence à reculer l'instant de sa défaite,
ils le virent sur leurs derrières, à la tête
de ses soldats, se précipiter sur eux, et
fondre dans la partie la plus épaisse de
leur troupe, avec une audace qui ne
pouvait appartenir qu'à lui seul. Ils ne
purent résister à ce choc foudroyant.
Tous ceux qui tentèrent d'opposer la
moindre résistance, ou qui ne furent pas
assez prompts dans leur fuite, succom-

bèrent sous ses coups ou sous ceux de ses
soldats. Ils faisaient des ravages terribles
dans les rangs ennemis. Sa massue dé-
goûtait du sang des Africains. La partie
de la troupe qui avait soutenu le combat
sur la clairière, s'était ébranlée pour
fondre sur les noirs, dès qu'elle les avait
vus prendre la fuite : elle fût bientôt
réunie à Alfred, et ils firent une affreuse
boucherie des fuyards. En vain les noirs
tombaient aux pieds de leurs vainqueurs
pour invoquer leur clémence ; si quelqu'un des colons semblait combattre par
une pitié meurtrière, Alfred s'élançait
aussitôt, et sa massue vengeresse faisait
justice de l'esclave désarmé. Ce fut la
première fois qu'il manqua de commisération ; mais il ne pouvait en éprouver
pour ceux qui étaient incapables d'en
ressentir. Il devint aussi funeste aux
noirs après leur défaite, qu'il l'avait été

pour eux durant le combat ; il était attaché à leurs traces et se baignait dans
leur sang. La soif de la vengeance l'aurait encore retenu long-temps sur leurs
pas, si son oreille n'eût été frappée par
un cri perçant. Emporté par son ardeur,
il ne s'est pas aperçu qu'il a perdu de
vue Moïa ; il l'a laissée derrière lui, la
croyant en sûreté. Sur-le-champ il revient avec inquiétude sur ses pas, lais-
sant ses soldats à la poursuite de ses ennemis. Un second cri plus perçant, et
bientôt un troisième, ne lui laissa plus
de doute sur quelque grand malheur. Il
vole, il s'entend appeler avec de nouveaux cris plus affreux. C'est Moïa ; il
se précipite, il arrive près de la clairière ; c'est là qu'il l'aperçoit se débat-
tant entre les bras d'un noir qui l'entraîne. Il reconnaît Paulin ! Paulin ! le
meurtrier de son père, et qui va devenir

l'assassin de Moïa. Il l'a abandonnée dès qu'il a aperçu Alfred ; ne pouvant lui enlever sa maîtresse, il veut au moins l'en priver pour toujours : il s'est reculé d'un pas, a elevé sur la tête de Moïa éperdue, son bras armé de sa redoutable massue ; elle siffle dans les airs..... et vient se briser contre celle d'Alfred. Celui-ci s'est élancé et a prévenu le coup à l'instant où il atteignait déjà la tête de l'infortunée victime. Encore une seconde, et c'en était fait ! La massue du noir va la fracasser, ses débris viennent retomber sur la terre. Il est désarmé. Pendant qu'Alfred fait écarter Moïa, Paulin saisit son fusil qui est étendu à ses côtés, et le prenant par l'extrémité du canon, il s'en sert comme de sa massue. Du premier coup qu'il en porte à Alfred, il fait briser la crosse, l'arme n'en devient que plus redoutable entre ses mains,

Maïa est le seul témoin du sanglant
combat qui va se livrer sur cette arène:
les colons sont tous éloignés.

Les deux implacables ennemis sont enfin réunis, il faut que l'un des deux succombe. Paulin a sa vie à défendre et son
invincible ressentiment à satisfaire; Alfred
a son père à venger! quels motifs plus
puissans peuvent les animer l'un contre
l'autre! Ils emploient tout ce que la nature leur a départi de force et d'adresse
pour l'atteindre ou pour l'éviter. Les
coups d'Alfred résonnent sur l'arme de
son ennemi; sa massue frappe avec la pesanteur du balancier; celle de Paulin
tourne dans les airs avec la rapidité d'une
fronde fortement ébranlée par de rapides
coursiers. Paulin reconnaît le sang des
siens sur la massue d'Alfred. Celui-ci
voit dans Paulin l'assassin de son père,
de son amante et le sien. L'un est enflam-

mé de ce spectacle, l'autre est transporté
de fureur par ces idées. La foudre, dans
ses éclats, n'est pas plus rapide qu'Alfred
dans ses attaques ; l'enclume ne résiste
pas aux coups de marteau avec plus
d'immobilité que Paulin aux coups qui
le pressent. Alfred attaque avec l'audace
et la force du lion, il presse son ennemi
dans tous les sens. Paulin se défend
comme un sanglier qui éloigne les chas-
seurs et les chiens en se précipitant sur
eux. Aux attaques furieuses de Paulin
Alfred oppose sa force inébranlable : c'est
un fleuve qui présente son front invincible aux flots de la mer. Paulin menacé
par Alfred, semble prêt à succomber,
et reparaît menaçant encore comme une
roche à fleur d'eau brise la vague dont
elle paraissait submergée. L'un et l'autre
parcourent l'arène dans tous les sens,
comme des nuages poussés par des vents

qui se combattent, circulent dans les
vastes plaines de l'air. Jamais deux tau-
reaux se disputant l'empire des bois ou
des prairies, ne heurtèrent leurs têtes
avec plus de fureur que ne se heurtent
ces deux terribles ennemis ; jamais, dans
un combat, deux dogues ne mirent plus
d'acharnement. Paulin s'anime par l'im-
minence du danger, Alfred par la force
de la résistance. Celui-ci croit avoir
trouvé l'instant propice à sa vengeance,
il lève sa massue, dirige sur la tête de
son esclave un coup qu'il croit être le
dernier ; Paulin s'élance en arrière ; la
massue atteint un rocher, se brise, et
rebondissant avec force, va frapper le
noir dans le front. Le sang jaillit aussitôt, mais ce coup n'est pas dangereux.
Alfred est désarmé : il se sert du tronçon de sa masse pour détourner les coups
multipliés que son ennemi fait pleuvoir

sur sa tête, dans l'espérance de pouvoir
l'accabler. Le sang qui coule de sa blessure le rend d'autant plus furieux, qu'il
ne s'en échappe pas assez pour l'affaiblir.
Moïa, tremblante pour Alfred, se précipite, et veut lui servir de rempart en
s'exposant aux coups de Paulin. « Ote-
» toi, ou nous périssons tous les deux. »
Et il se place devant elle. Il est hors d'é-
tat de résister à l'immense avantage que
procure à son adversaire l'usage de l'arme
qui lui sert de massue. Il abandonne le
tronçon de la sienne, et s'élance sur celle
de Paulin. Le noir, qui espère en faire
l'instrument de la mort d'Alfred, est
réduit à la lui disputer : il emploie tous
ses efforts pour la lui arracher. Leurs
mains, fixées sur cette massue d'où dépend
le sort de leur vie, retiennent tantôt
leurs bras dans une immobilité entière,
tantôt les obligent à se reployer dans

tous les sens pour résister ou pour vaincre. Le canon du fusil cède à d'aussi vi-
goureux efforts : il se tord entre leurs
mains, et devient une arme impuissante
contre leur fureur. Ils l'abandonnent l'un
et l'autre. Ils avaient chacun un poignard;
ils le saisissent et cherchent à s'en frapper; ils s'observent des yeux, se menacent de la voix, se cherchent et se fuient,
se choquent et s'évitent; chacun offre la
pointe au corps de son ennemi, et, avec
son bras, cherche à détourner les coups
qui le menacent. Jamais, dans les vastes
cirques de la reine du monde, deux gla-
diateurs n'offrirent la sanglante image
d'un combat plus acharné et plus terrible. Un serpent ne se plie pas sur lui-
même avec plus de souplesse qu'ils ne
se replient l'un et l'autre, pour éviter
les coups ou les diriger. Paulin attaque,
il croit déjà plonger le fer dans le corps

de son ennemi, il se fend et s'abandonne.
Alfred évite cette atteinte, et prenant
son adversaire en défaut, il le blesse
dans le flanc. Paulin pousse des hurlemens,
la douleur l'égare ; il oublie le soin de
sa défense pour s'abandonner à sa fureur.
Il se précipite sur son ennemi, le presse
à coups redoublés ; il voudrait le frapper
mortellement. Il beugle comme un tau-
reau. Alfred, aussi furieux, mais se pos-
sédant davantage, éloigne tous ses coups
et lui en porte de nouveaux. A chaque
blessure que reçoit le noir, il s'échappe
un ruisseau de sang. Alfred en est couvert; Paulin prévoit sa chute, et voudrait
y entraîner son ennemi. Il cherche à
le saisir, et il y réussit. D'une main,
il le tient par ses habits, et de l'autre, il
va le poignarder. Alfred aussitôt se des-
saisit de son arme, de ses deux mains, il
saisit celle de son ennemi qui menace ses

jours, et il la retient immobile. Bientôt
saisissant l'arme meurtrière, il la fait
plier et rompre. Paulin ne conserve
qu'un inutile tronçon ; désespéré, il saisit
Alfred aux cheveux et cherche à le renverser. Il se jette sur lui à corps perdu,
il semble prêt à l'étouffer ; mais la faiblesse que lui cause la perte de son sang,
trompe sa vengeance : il mugit comme
la terre, lorsqu'elle est menacée d'un
tremblement. Alfred l'enveloppe dans ses
bras nerveux et le terrasse. Paulin étend
les bras, il se débat vainement, il est
percé de quatre coups de poignard. Le
râle de la mort ajoute déjà de nouvelles
horreurs à celle de sa physionomie. Alfred prend alors son poignard d'une main,
de l'autre saisit l'esclave mourant par les
cheveux, le traîne au pied de l'autel
rustique de son hymenée. Le noir conserve assez de forces pour se relever sur

ses genoux ; il oppose en vain ses mains défaillantes pour sa défense. Alfred ne l'abandonne pas, il le renverse en arrière, et lui perce le cœur. Paulin pousse un cri épouvantable en sentant pénétrer l'arme meurtrière. Ce cri fut le dernier ; il expira. Alfred se transporte alors vers Moïa. Le dernier cri de Paulin l'a rendu au sentiment, car elle l'avait perdu. Il la prend dans ses bras ensanglantés, et il jouit du plaisir de posséder encore celle qui, un instant auparavant, a failli lui être ravie par un monstre impitoyable. Il le lui montre étendu, sans mouvement et sans vie, au pied de l'autel. Dans cet instant, les colons reviennent de la poursuite des fuyards. Ils ignoraient ce qui venait de se passer ; Alfred leur montra le cadavre de son ennemi. Ils voulaient le traîner sur la tombe de son maître qu'il avait immolé, et le suspen-

...re à un poteau en expiation de son crime ; mais Alfred ordonna qu'il fût enseveli. Il dit à ses compagnons qu'il lui suffisait d'avoir vengé la nature, mais qu'il ne voulait pas outrager l'humanité.

Une expérience funeste venait de lui apprendre que ces lieux, où il avait espéré goûter une paix inaltérable, n'étaient pas à l'abri des fureurs de la révolte. Il résolut de les abandonner. Moïa accablée, soupirait après une terre plus tranquille. Elle ne possédait plus que la vie d'Alfred et la sienne, et elle était assurée de les perdre, en habitant plus long-tems une terre où il n'y avait aucun espoir de salut. Tous les colons jurèrent à Alfred de le suivre partout où il voudrait les conduire, et de ne l'abandonner jamais. Le seul parti à prendre n'était pas problématique, il fallait fuir. Alfred y était déterminé ; mais il ne savait où tourner

ses pas. Enfin, ayant entendu le récit
que lui fit un colon que ses soldats trouvèrent fuyant dans les bois, il espéra
qu'avec quatre-vingts hommes, bien armés
et remplis tous de courage, de faire ce
que n'avait osé entreprendre un seul
homme saisi de terreur. Il forma la résolution de se retirer au port au Prince :
cette entreprise était hérissée de difficultés, il est vrai, mais sa réussite devait
mettre un terme aux infortunes de ses
compagnons, à celles de Moïa et aux
siennes. Il proposa au colon qui venait
de l'instruire, de servir de guide à sa
troupe jusqu'au quartier du Cul-de-sac,
et de se réunir à elle. Celui-ci accepte
avec empressement cette proposition.
Tous ses soldats, Moïa elle-même, furent charmés de cette résolution, quelques périls qui y fussent attachés. On
fit promptement les préparatifs du
voyage.

Alfred voulut, avant de s'éloigner à
jamais de cette terre où reposaient les
ossemens de son père, aller leur rendre
un dernier et douloureux hommage. Il
partit avec Moïa, et ils allèrent ensemble s'incliner devant la tombe vénérée ;
ils tombèrent à genoux l'un et l'autre ;
après un instant de recueillement, Alfred
prenant les mains de Moïa, il lui adressa
ces paroles. « Nous allons nous éloigner,
» ô ma chère Moïa ; nous allons quitter
» à jamais cette terre où reposent les
» ossemens de ceux à qui nous devons
» le jour. Si je n'avais vécu que pour
» moi, jamais je n'aurais quitté ces lieux ;
» mon devoir m'y eût immuablement
» retenu : je sens qu'il m'ordonne au-
» jourd'hui de les fuir, parce qu'il m'est
» impossible de t'y rendre heureuse.
» J'aime à croire que le ciel n'a pas re-
» jeté notre union, quoiqu'il l'ait in-

» terrompue : il a voulu qu'elle fût
» précédée par un devoir plus essentiel
» encore, par celui que m'imposait une
» juste vengeance. Je crois maintenant
» que nul obstacle ne s'oppose à ce que
» nous soyons l'un à l'autre ; mais pour
» ne pas former des vœux téméraires,
» attendons, pour consommer notre
» union, que notre vie coule au sein du
» repos. Quittons ces lieux ; aide-moi à
» m'en séparer. Je ne le verrai donc plus
» ce modeste monument qui couvre le
» dernier asile de la vertu et de l'amitié!
» adieu pour jamais, restes vénérables!
» puisse la main de vos assassins épar-
» gner votre demeure dernière et res-
» pecter cet ouvrage de mes mains re-
» connaissantes ! Oui, mon père, je
» reconnaîtrai toute ma vie ta tendresse
» et tes soins ! Vertueux et respectable
» Ambroise, digne ami de mon père et

» de mien , je te porterai toujours dans
» mon cœur, comme tu me portais dans
» tes bras. Je vous quitte, augustes et
» chères victimes , je vous quitte; adieu!
» adieu ! Allons, ma chère Moïa. » Et
ils s'éloignèrent tous les deux en versant
des larmes.

Quand ils eurent rejoint leur troupe,
rien ne s'opposant à leur départ, elle
se mit en marche. Julienne et Antonio
en faisaient partie ; pour César et Sultan,
ces inséparables compagnons d'Alfred ,
ils avaient péri dans les différens combats
qui s'étaient livrés. Des bagages consis-
taient dans une tente pour Moïa et Alfred;
ils avaient chacun un cheval. Alfred ne
se servit pas du sien pendant toute la
route, il le cédait à ceux de ses soldats
qui étaient fatigués. La troupe traversa
tout le Mirebalais. Elle fut passer l'Artibonite vis-à-vis son confluent avec

la rivière du Fer-à-cheval. Elle marcha
quelque tems dans la pointe d'Arcaye ;
passa la petite rivière des sources puan-
tes ; laissa sur sa droite celle du Bonceau-
brou et des orangers, et fut aboutir à
l'étang du Cul-de-sac. Ils la laissèrent
aussi sur leur droite, et allèrent traverser l'Isthme qui le sépare de celui de
Requille. Ils se rapprochèrent ainsi du
Port-au-Prince, en marchant au travers
des montagnes. Ils avaient le plus grand
intérêt à éviter la plaine, où ils auraient couru les risques d'être attaqués
et accablés par des forces supérieures.
Le projet d'Alfred était de se ménager,
en cas d'échec, une retraite facile par
la montagne noire, sur les cayes ou Jac-
mel, qu'il croyait moins agités. Il s'a-
vança hardiment jusque sur les bords
d'une petite rivière qu'il traversa, et
marcha tout droit au Port-au-Prince,

dont il n'était plus qu'à une distance de
quatre lieues. Il se mit en mouvement
au commencement de la nuit, pour traverser la plaine qui l'en séparait. Il devait
attaquer avant le jour les noirs qui entouraient la plaine, avant de pouvoir y
parvenir. Il aperçut, chemin faisant,
des feux allumés, et entendit des cris
d'allégresse. Craignant que cette lueur
ne provint des habitations enflammées,
et que les cris qui frappaient ses oreilles,
ne fussent les chants de mort des colons,
il se porta dans les lieux où il découvrit
ces signes alarmans. Ses conjectures furent trompées, partout il trouva des
troupes de noirs campés, qui avaient
allumé des feux, autour desquels les uns
dormaient étendus, et d'autres chan-
taient et dansaient plongés dans un état
d'ivresse. Alfred, aidé de ses intrépides
soldats, eut bientôt balayé devant lui

ces hordes éparses, qui n'apportaient ni
surveillance ni courage au soin de leur
sûreté ; elles ne lui opposaient que des
cris. Ces cris se propagèrent bientôt aux
coups de fusil : ils retentir dans la plaine
et semèrent l'alarme dans tous les can-
tonnemens des révoltés.

Les noirs ne pouvaient imaginer quel
était l'ennemi qui attaquait sur ce point
et à une heure semblable. Alfred entendit bientôt un bruit sourd, causé par
une infinité de cornes qui se répondaient
mutuellement. C'était le signal de ral-
liement de ses ennemis. Il le devina, et
hâta sa marche, pour arriver au Port-au-
Prince avant le jour ; il ne put y réussir. Lorsque l'aurore parut, il aperçut
à un assez grand éloignement, les deux
montagnes entre lesquelles la ville est
située ; il vit flotter, sur leurs sommets,
les bannières des blancs ; ils en étaient

manœvres. Il monta sur une hauteur pour observer l'objet des mouvemens dont il avait entrevu les indices : il vit plusieurs troupes de noirs se diriger rapidement contre lui. Leur nombre était si considérable, qu'il ne pût concevoir l'espoir de leur résister avec succès ; il aurait encore pu, en revenant sur ses pas, éviter leur rencontre ; mais il crut devoir profiter de la terreur que son apparition inattendue leur avait inspirée pour se porter en avant. Il marcha droit aux lignes des assiégeans ; il rencontrait peu d'obstacles sur son passage ; mais les noirs venus de la plaine se jetaient sur ses derrières, et lui coupaient la retraite. Leur nombre augmentait sans cesse, ils craignaient de l'approcher. Sa troupe les écartait par un feu soutenu ; il était harcelé en queue et sur ses flancs. Il se porta en arrière, où le danger était le plus immirent, jusqu'à ce que l'attaque des lignes nécessitât sa présence à l'attaque des assaillans. Il fut surpris d'entendre tout à coup un feu terrible du côté de la ville, il provenait des assiégés qui, ayant deviné le but de son attaque, faisaient une sortie pour la favoriser. Ils coupèrent aisément la ligne des noirs, qui, craignant d'être pris entre deux feux, prirent la fuite. Les soldats d'Alfred marchèrent au devant de la garnison avec tout l'empressement qu'inspire la crainte d'un danger inévitable ; ils se réunirent bientôt à elle, et, sans remarquer si leur chef était avec eux, ils gagnèrent les retranchemens du Port-au-Prince.

Alfred pouvait aisément les suivre et entrer avec eux dans la ville, mais il fut obligé de revenir sur ses pas, pour secourir Moïa dont le cheval venait de

tomber mortellement blessé ; il la dégagea promptement, la replaça sur le
sien, et monta avec elle. Lorsqu'il voulut rejoindre ses soldats, il vit qu'il en
était séparé par une troupe considérable
de noirs. En effet, ayant aperçu un homme et une femme séparés des colons, ils
s'étaient précipités aussitôt à dessein de
les envelopper et de leur couper le passage.
Alfred, s'il eût été seul, eût tenté de se
l'ouvrir, mais il n'osa exposer Moïa aux
dangers d'une entreprise aussi hasar-
deuse. Dans cet instant, il désespéra
presque de leur salut commun. Le désir
de sauver son amie anima cependant son
courage. Il poussa son cheval à toute bri-
de du côté où les assaillans lui parurent
les moins nombreux, et traversa rapidement les hordes menaçantes de noirs.
Ils le suivent en poussant des grands
cris; il espère leur échapper. La direction

qu'il a prise le conduit vers le rivage
de la mer, il l'a suivie sans réflexion ;
c'est celle qui offre une carrière plus
favorable à l'agilité de son coursier. Que
fera-t-il cependant, lorsqu'il sera renfer-
mé entre la mer et une armée d'ennemis ?
son esprit ne saisit pas cette idée. Il a laissé
ses ennemis derrière lui, mais son cheval
s'est engagé dans les rochers : il ne peut
s'y soutenir, et il s'abat. Les noirs le
poursuivent. Il enlève Moïa dans ses bras,
et l'emporte en fuyant ; il ne peut courir avec vitesse, chargé de ce fardeau.
Les balles sifflent autour de lui ; il craint
à chaque instant que Moïa n'en soit atteinte : il n'a jamais été dans une aussi
affreuse situation. Les noirs regagnent
d'une manière sensible l'avantage que
la course de son cheval lui a donné sur
eux. Il court toujours ; mais il sent dé-
faillir ses forces ; son visage est en feu ;

il respire à peine, ses yeux sont égarés,
ils se remplissent de pleurs; il jette sur
Moïa un regard désespéré. « Va, sauve-
» toi, Alfred, lui dit-elle; laisse-moi
» mourir seule. Adieu, mon cher Alfred,
» adieu ! » Elle passe un bras autour de
son cou, lui donne un baiser et se débat
pour l'obliger à l'abandonner. Il résiste
à ses efforts, mais il ne court plus; il
n'en a pas la force, il marche péniblé-
ment; enfin il s'arrête, ouvre les bras,
les referme encore, il ne peut se séparer de Moïa. Il voulait parler, mais la
voix lui manque; un regard rempli de
douleur et de tendresse lui dit ce que sa
bouche ne peut lui exprimer. Il la pose
cependant contre un rocher, se place à
côté d'elle, accablé d'épuisement; sa tête
est appuyée sur un de ses bras; soutenu
par son fusil, ses genoux chancèlent, il
tombe ! Moïa voit arriver ses bourreaux

prêts à la déchirer ; elle n'a plus qu'un
instant de vie ! Cet instant, elle le donne
à son cher Alfred ! assise à ses côtés, elle
soutient de l'une sa tête défaillante, prend
de l'autre main un flacon de liqueur
spiritueuse qu'il portait sur lui, et lui
en verse dans la bouche. Déjà un noir
qui a précédé les autres, est arrivé pour
commencer son agonie : elle le voit s'approcher avec effroi, lève les yeux vers le
ciel, donne un dernier baiser à Alfred ;
mais sa bouche est détachée avec violence
de celle de son amant. Le monstre afri-
cain la saisit par les cheveux et l'entraîne !
Dieu tout-puissant, s'écrie-t-elle ! Alfred
l'entend, il est revenu à lui, il voit sa
Moïa expirante, entraînée par un tigre.
Soudain il saisit son fusil qui ne trompa
jamais son adresse ; le noir est atteint
dans le cœur, il tombe sur sa victime.
Alfred vole à elle, le dégage de ce far-

deau impur, l'enlève de nouveau ; il a
recouvré assez de forces pour la disputer
encore à la lubricité des noirs, à leurs
poignards, à leurs bûchers ; il la porte
de nouveau jusqu'à une gorge formée par
deux montagnes inaccessibles. Là com-
mence un sentier taillé dans le roc, qui
par une pente rapide va aboutir au bord
de la mer. Arrivé dans ce lieu, Alfred
est obligé d'y déposer Moïa et de se mettre en défense. Une troupe de noirs,
heureusement peu nombreuse, est sur le
point de l'atteindre, ils ont le bras levé
pour le frapper. Il se détourne pour défendre le passage et se défendre lui-même.
Plusieurs noirs se précipitent à la fois
sur lui pour franchir l'espace où il est
arrêté. Il saisit rapidement son fusil par
le milieu, et le tenant horizontalement
d'un bras nerveux, il l'oppose à ses ennemis, les repousse et les renverse à la

fois. Bientôt il abandonne son fusil et
s'arme de sa massue : malheur à ceux qui
sont exposés à ses coups. Alfred peut se
faire un retranchement avec les cadavres
des ennemis qui ont déjà expiré sous ses
coups ; ceux qui le survivent n'osent approcher. « Sauvons-nous, lui dit alors
» Moïa ; je vois au bord de la mer et à
» l'extrémité de ce sentier, une barque
» vide, courons nous y jeter. » Dans
cet instant, une multitude de noirs ac-
couraient pour se réunir aux assaillans,
plusieurs avaient des armes à feu. Alfred
les vit prêts à arriver jusqu'à lui, il suivit le conseil de Moïa, la prit par la
main et partit comme un oiseau, l'en-
traînant avec lui le long du sentier. Une
foule considérable de noirs se précipite
sur leurs traces, en poussant des hurlemens affreux ; ils brûlent du desir de
les atteindre et, ils l'espérèrent un ins-

fant. Moïa ne pouvant courir aussi rapidement qu'Alfred, se laissa tomber.
Alors, l'air retentit de mille cris de joie,
qui se changèrent en fureur, quand ils
virent Alfred la prendre dans ses bras,
regagner le rivage, entrer dans la barque,
et la pousser au milieu des flots.

Une brise de terre poussait rapidement l'esquif vers la pleine mer. Alors
plus que jamais, Alfred et Moïa recon-
nurent toute l'étendue du danger auquel
ils venaient de se soustraire l'un et
l'autre. Toute la côte était garnie de
noirs qui troublaient l'air par de féroces
clameurs. Ils jetaient sur la barque qui
fuyait avec rapidité des regards où
perçait un sanguinaire regret. Elle était
l'objet d'une infinité de coups de fusil qui
furent infructueux. Alfred aurait bien desiré aboutir au Port-au-Prince. Il aperçut
sa position dans le lointain ; il crut

même entrevoir ses forts ; mais le secours d'un simple aviron était impuis-
sant pour vaincre la résistance du vent
et les flots qui l'en éloignaient.

La mer était houleuse. Bientôt Moïa
se plaignit d'un grand mal de tête. Alfred l'éprouvait aussi , mais il craignait
d'en faire l'aveu. Sa pâleur cependant le
trahit, celle de Moïa était extrême ; l'un
et l'autre furent atteints en même temps
du mal de mer. Un soleil ardent les brûlait de ses feux. Alfred , pour en garantir
Moïa, ôte sa veste , l'attache à l'extrémité d'un aviron , et il en fit une espèce
de parasol que, malgré sa faiblesse , il
tint élevé jusqu'à ce que la chaleur fût
passée. Cette journée fut bien cruelle ,
mais la nuit qui lui succéda le fut bien
davantage, elle était d'une obscurité profonde. La mer était plus grosse qu'elle
ne l'avait encore été ; il semblait qu'à

chaque instant le frêle bateau allait être englouti. Moïa harassée de fatigues et épuisée de souffrances, s'était laissée aller dans le fond, où elle était étendue immobile. Elle n'était pas effrayée du danger qui la menaçait, non qu'elle y fermât les yeux; mais la certitude de partager le sort d'Alfred, et de n'en avoir d'autre que le sien, lui inspirait un courage à l'épreuve des périls les plus affreux; quelquefois elle étendait la main pour le toucher, et s'assurer si son bonheur n'était pas une illusion. Son bonheur! il est donc une félicité qui ne dépend ni des hommes ni de la fortune? Alfred était étendu à côté de Moïa : il souffrait moins de ses douleurs que de l'état déplorable dans lequel il voyait son amie; il tenait une de ses mains, qu'il couvrait souvent de ses larmes et de ses baisers; il était accablé de lassitude. Le

sommeil vint lui procurer , pendant
quelques instans , l'oubli de ses douleurs ; le reveil qui lui succéda fut bien
pénible , alors il était jour. Moïa était
endormie. Alfred l'aurait crue morte ,
s'il ne l'eût entendue respirer ; elle était
défigurée par la pâleur. Il hésitait pour
savoir s'il la réveillerait ; quand elle ouvrit les yeux.

Il ne put se défendre d'un frémissement
universel , à la vue de l'immense plaine
d'eau sur laquelle elle était balottée ;
la terre paraissait comme un nuage à
l'extrémité de l'horison : « Où allons-
» nous, demanda-t-elle d'une voix pres-
» qu'éteinte ?... » Elle fût navrée de douleur lorsqu'elle vit Alfred , au lieu de
lui répondre , se détourner pour cacher
ses larmes. Il y avait plus de vingt-quatre
heures qu'ils n'avaient pris de nourriture ; ils en éprouvaient alors un be-

soin pressant, mais ils n'osaient se le
dire, crainte de se désespérer mutuellement. Leur faiblesse était extrême;
Moïa voulut essayer de se relever,
mais ses genoux ployèrent sous le poids
de son corps. Elle se tint assise, appuyée sur un des bords du bateau.
Dans cette situation, ses yeux étaient
tristement fixés sur la mer; ils évitaient
ceux d'Alfred; elle craignait qu'il n'y
entrevît les traces du désespoir qui em-
poisonnait son cœur. Alfred était défait,
et souffrait cruellement de la faim; il se
trouvait souvent prêt à entrer en fureur.
Alors il avait envie de saisir Moïa par le
milieu du corps, et de se précipiter avec
elle dans la mer. Dans un de ses plus
violens transports, il lui saisit une main
avec précipitation, jeta sur elle un regard effaré. Il allait s'élancer ! Elle lui
abandonna sa main sans résistance; le

voyant de bout et dans une attitude effrayante, elle semble deviner son projet :
bien loin de lui opposer d'inutiles raisons,
de sa main qui est libre, elle l'aide,
fait un effort pour se lever aussi, mais
elle ne peut que se mettre à genoux aux
pieds de son amant : elle lève sur lui ses
yeux humides de pleurs ; par un regard
rempli de douceur et de sensibilité, elle
semble demander encore un instant. Le
tendre Alfred est désarmé, il se laisse
aller au fond de la barque. Il ne peut
retenir alors ses sanglots, et leur donne
un libre cours. Moïa s'assied à côté de
lui ; lui prend les mains en lui disant :
« Tu as faim et soif, mon cher Alfred,
» je le vois bien, mais ce n'est pas pour
» toi que tu pleures : console-toi, je
» ne suis pas aussi malade que tu le crois ;
» je n'ai pas faim, je t'assure.—Tu n'as
» pas faim, dis-tu, chère Moïa ; tu n'as

» pas faim; espères-tu me le persuader ?
» Dieu! quel supplice! quel prix je
» reçois des efforts que je fis hier! Que je
» souffre, grand Dieu! Je n'ai pas la force
» de me soutenir. Un feu ardent brûle mes
» entrailles. Ces maux sont bien cuisans,
» mais ils ne sont rien en comparaison de
» ceux que ta vue me fait éprouver. Je ne
» dis pas ta figure, mais même tes lèvres
» sont pâles! Comme elles sont flétries!
» Combien tu dois souffrir!—Pourquoi,
» Alfred, cherches tu un sujet de désespoir
» dans ce qui doit en être pour nous un
» bien puissant de consolation? La plus
» cruelle peine d'un cœur sensible est
» d'éprouver l'indifférence: nous en som-
» mes à l'abri l'un et l'autre. Nous ne fer-
» merons pas les yeux avec l'horrible sen-
» timent de l'abandon. Tout ce qui me
» sera commun avec toi aura des char-
» mes, tout; la mort elle même. Je

» préfère être ici expirante avec toi, que
» d'être loin de toi au sein de l'abon-
» dance. Nous sommes bien jeunes pour
» perdre la vie, n'en prématurons pas
» la fin ; tâchons d'y ajouter quelques
» instans. Lorsque nul rayon d'espoir
» ne luira plus à nos yeux, alors nous
» entrelacerons nos bras, nous nous pres-
» serons l'un contre l'autre, et nous
» chercherons dans les flots un remède
» à nos maux et à nos douleurs. » Dans
cet instant, elle succombe aux siennes,
elle se laisse aller dans les bras d'Alfred.
Les paroles qu'il venait d'entendre, lui
avaient rendu un peu de courage, mais
ce dernier accident le replongea dans
son désespoir. Il n'avait aucun moyen de
la secourir. Il se lève égaré, la soulève
avec effort dans ses bras, et allait se précipiter avec elle.... Il entrevoit en cet
instant un point obscur à l'extrémité de

l'horizon : la vue de cet objet qu'il ne
peut distinguer, lui donne une lueur
d'espérance ; il diffère son funeste dessein. Sa vue est fixée sur ce point ; il
croit le voir grossir et s'approcher de lui.
Est-ce une illusion, ou est-ce la barque
qui s'avance ? Immobile, et tenant Moïa
dans ses bras, il attend impatiemment
de voir son doute éclairci. Le point gros-
sit, et sa forme ressemble à celle d'un
vaisseau. « Serait-il possible, s'écrie-t-il,
» avec transport ? » Il ne peut plus bientôt s'y méprendre, il distingue un navire ;
alors il dépose Moïa à ses pieds, et il crie
de toutes ses forces : « Au secours ! au
» secours ! » Un instant de réflexion lui
a bientôt fait sentir qu'il ne peut être
entendu à un aussi considérable éloignement ; il attache son mouchoir à l'extrémité d'un aviron, et il en fait une enseigne
qu'il agite dans les airs. Ce moyen est

le plus efficace qu'il puisse employer ; il
ne peut se servir de son fusil pour faire
des signaux de détresse : il a été contraint
de l'abandonner sur le rivage. Cependant
le navire approche ; il vient précisément
dans la direction de la barque. Alfred
est transporté de joie : il partage son attention entre le bâtiment et Moïa. Elle
èst toujours sans connaissance : il essaie
de la ranimer en lui mouillant les mains
et le visage, mais sa défaillance continue :
elle est produite par l'inanition ; les
alimens peuvent seuls la rappeler au
sentiment. Elle est assise au fond de la
barque. Alfred, un genou en terre, la
soutient avec un bras, et de l'autre, il
agite son pavillon. Il a été aperçu du
navire ; il voit carguer les voiles. A ce
signe certain, il ne doute pas d'être se-
couru. Déjà le bâtiment est à la portée
de la voix ; il hèle la barque, mais dans

un langage qu'Alfred ne comprend pas, et
auquel il lui est impossible de répondre;
il crie qu'on lui donne du secours ainsi
qu'à une femme qui va expirer. Alors
l'équipage met un canot en mer; cinq
hommes y descendent et amarrent la barque d'Alfred; ils le font monter à bord,
et y transportent Moïa.

Le navire était anglais. Il venait de
Londres, et allait à la Jamaïque. Il avait
dans sa route relâché au Port-au-Prince,
et en était parti pour sa destination. Le
capitaine parlait français. Alfred lui fit
le récit de tous ses malheurs et de ceux
de Moïa. Le marin en fut vivement touché, et leur fit administrer à l'un et à
l'autre les secours dont ils avaient un
besoin pressant. Moïa fut bientôt revenue
au sentiment : elle fut confondue d'étonnement en se voyant sur un avire, au milieu d'une foule de personnes inconnues;

elle chercha des yeux Alfred, avec un air d'inquiétude. Il était à côté d'elle; son saisissement l'avait empêchée de la distinguer. Elle demande à être placée dans un lieu séparé. Le capitaine la fit aussitôt transporter dans une chambre; lui seul et Alfred en eurent l'entrée.

Le capitaine eut pour ces deux infortunés tous les égards qu'inspire une généreuse compassion. Il respecta leur malheur, et chercha à le soulager, autant par ses paroles que par ses secours. Alfred et Moïa eurent bientôt recouvré la force et la santé; ils arrivèrent en peu de temps à Port-Royal. Ils y trouvèrent un navire américain qui allait mettre à la voile pour New-Yorck; ils s'y embarquèrent. Leur traversée fut heureuse. Alfred avait recueilli cent louis en or, lors de la mort de son père; il les employa à mettre Moïa et lui à l'a-

bri du besoin. Il obtint des États de Mas-
sachusset-Bey une portion de terrein assez étendue, sur les bords de la rivière
de Connecticut. Il se mit en route avec
Moïa vers sa nouvelle possession. Elle
devint en peu de temps florissante par
ses soins. C'est là qu'uni avec son insé-
parable compagne de ses malheurs et de
ses infortunes, il a trouvé la consolation
de ses disgrâces dans ses travaux cham-
pêtres, dans la condition d'époux et de
père; et dans l'exercice continuel des ver-
tus qu'il avait constamment pratiquées.

FIN.

De l'imprimerie de F.-P. HARDY, rue Dauphine, n° 36,

Abrégé de l'Histoire de France, depuis Phara-
mond jusqu'à la rentrée de Louis XVIII ; à
l'usage de la jeunesse des deux sexes. Par
M. E. V. Laisné de Tours, auteur du *Mora-
liste paternel*, du *Bon père*, etc., etc.,
1 gros vol. in-12, fig.

www.ingramcontent.com/pod-product-compliance
Lightning Source LLC
Chambersburg PA
CBHW051824020726
47502CB00005B/1621